글누림세계명작선

유토피아

토머스 모어

국문학 교수들이 추천한
글누리세계명작선

새로운 사회에 대한 상상력
유토피아

토머스 모어 Thomas More
김용석 옮김 · 오태호 해설

차 례

모어가 피터 자일즈에게 보낸 편지 · 9
바스라이덴에게 보낸 피터의 편지 · 17

제 1 부 · 23
제 2 부 · 92

작품 해설
상상적으로 실재하는 부재의 공간, 유토피아
오태호(경희대) · 218

새로운 사회에 대한 상상력

유토피아

모어가 피터 자일즈에게 보낸 편지

존경하는 피터 자일즈* 씨

나는 유토피아 공화국에 관한 이 책을 보내면서 몹시 부끄러운 마음입니다. 이 책을 6주 안에 받을 것이라고 기대하셨을 터인데, 예상과는 달리 1년이나 걸리고 말았습니다. 아시는 바와 같이 이 책을 쓰기 시작할 때는 주제를 찾고 적절한 형식을 고르는 어려운 문제에 직면하지 않았습니다. 내가 한 일이란 라파엘 씨가 우리에게 들려준 이야기를 그저 되풀이하는 것뿐이었기 때문입니다. 그는 모든 이야기를 즉흥

---

* 피터 자일즈는 1486년 안트와쁘에서 태어나 1533년에 사망했다. 그는 1510년 안트와쁘의 수석장관이 되었고, 몇 권의 책을 출간하였다. 그 중에는 『이솝 우화』도 있다. 그는 에라스무스의 친구였고, 1515년에 에라스무스를 모어에게 소개하였다.

적으로 말하였고, 그의 라틴어는 그리스어만큼 유창하지 못하고 세련된 것이 아니어서 말을 골라 쓰느라 애쓸 필요가 없었습니다. 그래서 그의 단순하고 즉흥적인 표현 방식에 접근하면 할수록 나는 진실에 한층 더 가까워지는 것이었습니다. 나는 이것만을 걱정하였고, 그것이 걱정하지 않으면 안 되는 유일한 것이었습니다.

피터 씨, 이 책의 거의 전부는 물론 완성된 것이나 마찬가지였으므로 내가 해야 하는 일은 거의 없었다고 해도 과언이 아닙니다. 다른 경우라면 이런 종류의 책을 체계적으로 만들기 위해서 훨씬 많은 시간과 노력이 필요했을지도 모릅니다. 언어 표현이 정확하고 우아했다면 나는 아무리 시간이 많고 또 노력을 기울였다 해도 이 책을 완성하지 못했을 것입니다. 그러나 이미 말한 것처럼 그런 일은 전혀 걱정하지 않아도 되었는데, 그것은 내가 할 일은 단지 들은 것을 기록하는 것이었고, 그것은 매우 쉬운 일이었기 때문입니다. 하지만 다른 일에 쫓기다 보니 이처럼 쉬운 일조차도 처리하기가 쉽지 않았습니다. 나는 법정에서 형사 사건이나 민사 사건을 다루느라 시간을 내기가 어려웠고, 또한 거의 매일 사업 관계로, 혹은 예의상 여러 사람을 찾아봐야 할 일이 생겼습니다. 실제로 나는 거의 하루 종일 다른 사람들과 함께 밖에서 시간을 보냈고, 그 나머지 작은 시간은 가족과 함께 보냈습니다. 그러니 글을 쓸 시간이 있었겠습니까.

아시는 바와 같이 나는 집에 와서는 아내와 자식들과 함께 이야기를 나누고, 하인들과는 여러 가지 일들을 의논해야만 합니다. 나는 이런 일들이 내가 해야 할 중요한 일이라고 생각합니다. 나 자신이 집에서 손님처럼 지내지 않는 한, 이러한 일은 반드시 해야만 하는 것입니다. 반려자를 일부러 선택했든, 우연히 친척 관계로 같이 살게 되었든 간에 함께 사는 사람들과는 언제나 다정하게 지내도록 노력해야 합니다. 그러나 너무 지나쳐서 가족들이 버릇없이 굴거나 하인이 주인을 무시하는 경우가 있어서는 안 됩니다.

이렇게 해서 날이 가고 달이 가고 세월이 흘러갑니다. 그렇다면 대체 언제 글을 쓰느냐고 묻고 싶겠지요. 아직 수면과 식사에 대해서는 말하지 않았는데, 고백하자면 나는 수면과 식사 시간을 줄여서 필요한 시간을 만들어내고 있습니다. 물론 이런 시간은 미미해서 많은 일을 할 수는 없지만, 그런 조각 시간이나마 가질 수 있었기에 마침내 『유토피아』를 완성할 수가 있었습니다.

피터 씨, 나는 당신이 이 책을 읽고 내가 놓친 대목을 말씀해 주시기를 희망하면서 이 책을 보내드립니다. 나는 기억력에는 매우 자신이 있지만(나의 학식 및 지능과 마찬가지로 보통의 기억력을 가졌으면 하고 원할 뿐입니다만) 빠뜨린 게 없다고 감히 자신할 수는 없습니다.

아시는 바와 같이 당시 나의 젊은 조수인 존 클레멘트가 자리를 함께 했습니다. 나는 교육적 가치가 있다고 생각하는 대화에는 그를 꼭 옆에 있게 했는데, 그는 라틴어와 그리스어에서 소질을 보이기 때문에 장차 큰 인물이 되리라고 기대하고 있습니다. 그런데 그가 말한 한 가지가 나를 당황하게 했습니다. 내가 기억하는 한, 라파엘 씨가 말한 아마우로툼의 아니드루스* 강에 놓인 다리의 길이는 5백 야드인데, 존은 다리가 놓인 지점의 강폭이 3백 야드 이하이므로 다리의 길이를 2백 야드로 줄이라고 말합니다. 귀하께서 기억을 더듬어서 다리의 정확한 길이를 알려주신다면 더없이 감사하겠습니다. 귀하가 존의 의견에 동의하신다면, 귀하의 말을 따르면서 내 잘못을 인정하고자 합니다. 그러나 귀하가 전혀 기억하지 못한다면 그냥 나의 기억을 따르도록 하겠습니다. 내 머릿속에는 그렇게 각인되어 있으니까요. 아시다시피 나는 사실을 정확히 알리려고 애쓰고 있고, 따라서 책 속에 의심스러운 곳이 있더라도 내가 의도적으로 거짓말을 했다고

---

* 유토피아의 수도, 아니드루스는 수도를 관통하는 강의 이름.

는 생각하지 마십시오. 나는 영리하기보다는 오히려 정직하려고 노력하는 사람입니다.

가장 손쉬운 해결책은 귀하가 서신이나 구두로 직접 라파엘 씨에게 문의 하는 것입니다. 또 한 가지의 문제가 남아 있기 때문에, 귀하는 그렇게 할 수밖에 없을 것입니다. 나나 귀하나 라파엘 씨 중 누구의 잘못이었는지는 모르겠지만, 우리는 유토피아가 신세계의 어디에 있는지 묻지 않았고, 라파엘 씨도 말해 주지 않았습니다. 내가 이 점을 보충할 수만 있다면, 내가 가진 적은 재산이나마 모두 사용할 용의를 갖고 있습니다. 첫째로, 그 섬이 어느 바다 가운데 있는지도 모르면서 그 섬에 대해 말한다는 것은 바보처럼 생각되는 까닭입니다. 둘째로, 그 섬에 가 보기를 원하는 한두 명의 영국인이 있기 때문입니다. 특히 어떤 매우 경건한 신학자는 유토피아에 방문하기를 열망하고 있습니다. 그는 사소한 호기심에서라기보다는 그 섬에 소개된 기독교의 성장을 성공적으로 격려하기 위해 가고자 하는 것입니다. 그는 공식적으로 이 일을 맡기를 원해서 교황에게 청원하여 사실상 유토피아 주교로 파견되도록 노력하고 있습니다. 그는 승진을 청원하는 것을 전혀 주저하지 않습니다. 그는 이익이나 특권을 위해서가 아니라 순수한 열정 때문에 승진을 청원하는 것이기 때문에 그 소망을 들어준다 하더라도 정당한 일이라고 생각합니다.

그러므로 피터 씨, 될 수 있으면 라파엘 씨를 직접 만나거나, 또는 서신으로, 나의 책이 진실로 가득 차고 진실이 아닌 것은 하나도 없도록 해주시지 않겠습니까? 아마도 이 책을 그에게 보여주는 것이 가장 좋은 방법일 것입니다. 그분이야말로 잘못을 바로잡을 수 있는 유일한 사람이며, 또한 그도 이 책을 숙독하지 않고서는 잘못을 바로잡기 어려울 테니까요. 더구나 이 책을 보여줌으로써 귀하는 그의 탐험 결과를 내가 기록한 것에 대하여, 그가 어떻게 생각하고 있는가 하는 점도 알 수 있을 것입니다. 만약 그가 스스로 탐험 결과를 기록해서 발간할 계획을 하고 있다면, 나는 삼가는 것이 좋겠지요. 또한 나는 유토피아의 이야기를 서둘게 공개하고 그로 인해 그의 이야기가 진부해지는 것은 원하지 않습니다.

하지만 사실을 말하자면, 나는 이 책의 출간 여부를 여전히 망설이고 있습니다. 취미란 다양하기 때문에 어떤 사람은 유머가 없고 인색하고 약간 삐딱한 생각을 품고 있습니다. 대중을 가르치거나 즐겁게 하기 위해 고심하기보다는 차라리 편안한 생활을 즐기는 것이 훨씬 보람 있다고 생각합니다. 대부분의 독자는 학문에 대해 아는 바가 없고 대체로 학문을 경멸합니다. 무식한 사람에게는 아주 무식하지 않은 것이 부담이 됩니다. 유식한 사람은 의고체(擬古體)가 아닌 것은 저속하다고 배척하며, 어떤 사람은 고전만을 좋아하고, 또 어떤 사람은 현대적인 것을 선호합니다. 어떤 사람은 근엄한 것을 좋아해서 유머는 모두 배척하며, 어떤 사람은 바보와도 같아서 기지(機智)를 이해하지 못합니다. 어떤 사람은 말 한 마디 한 마디에 예민해서 아주 단순한 모순과 마주쳐도 두려워하는 경향이 있습니다. 마치 공수병 환자가 물을 무서워하듯이……. 어떤 사람은 견해를 수시로 바꿉니다. 또한 음주파에 속하는 비평가들이 있는데, 그들은 선술집에 앉아서 제멋대로 권위를 가장하여 불량품 선고를 내립니다. 그들은 마치 레슬러가 상대방의 머리칼을 움켜쥐듯이 남의 저작에 대해 이러쿵저러쿵 험담을 늘어놓습니다. 반면 그들의 메마른 머리에는 머리카락 하나 없고, 따라서 움켜잡힐 것이 하나도 없으므로 그들은 공격받을 여지도 없습니다.

게다가 어떤 독자들은 감사를 모르는 사람들이어서, 어떤 책에서 많은 즐거움을 얻었다 하더라도 저자에게 전혀 고마운 마음을 갖지 않습니다. 그것은 성대한 만찬에 참석해서 음식을 맘껏 먹은 뒤, 주인에게 한마디 고맙다는 말도 하지 않고 자리를 떠나는 무례한 손님과 꼭 같다고 하겠습니다. 하물며 괴상하고 예측할 수 없는 취미를 갖고, 감사하는 마음조차 가지가지인 대중을 상대로 자기 비용을 들여서 이성의 잔칫상을 차리는 일에 있어서야 더 말할 필요가 있겠습니까!

하지만 내가 말씀드린 대로 라파엘 씨와 접촉해 주십시오. 다른 문제들은 이후에 더 고민해 보도록 하겠습니다. 물론 이 책을 고생하며 완성한 지금에 와서 현명하게 처신하려고 해봤자 너무 때늦은 일이기는 합니다만……. 그래서 라파엘 씨가 반대하지 않는다면, 이 책의 출간 여부는 친구들의 뜻, 특히 당신의 충고를 적극 수용하고자 하는 것입니다.

귀하와 귀하의 아름다운 부인에게 행운이 충만하기를 소망합니다. 계속적인 지도와 충고를 부탁드립니다. 나는 귀하를 그 어느 때보다도 더 좋아하고 있습니다.

토머스 모어 배상

바스라이덴에게 보낸 피터의 편지

존경하는 바스라이덴 귀하

며칠 전에 귀하의 훌륭한 친구인 토머스 모어 씨가 저에게 『유토피아』 원고를 보내왔습니다. 현재로서는 이 섬에 대해서 아는 사람은 극소수이지만 앞으로는 많은 사람이 알기를 소망할 것입니다. 왜냐하면, 이 책은 플라톤의 『공화국』과 같은 것으로서, 특히 재능 있는 저자에 의해 씌어졌으므로 더 낫다고 생각되기 때문입니다. 그가 마치 눈으로 본 것처럼 생생하게 그려 놓았기 때문에 저는 이 책을 읽으면서 이 섬에 대해서 라파엘 히드로다에우스 씨가 직접 들려줄 때보다도 더 선명한 이미지를 얻었습니다. 라파엘 씨가 이야기를 매우 잘했는데도 말입니다. 라파엘 씨는 다른 사람이 한 이야기를 전한 것이 아니라 자신이 오랫동안 살았던 그곳에서의 경험을 직접 말해주었던 것입니다. 개인적으로 저는 그가 율리시스보다도 더 광범위하게 세계를 돌아다녔다고 믿고 있고, 적어도 지난 8백 년 동안 그러한 인물은 없었다고 생각합니다. 그는 베스푸치의 견문은 하잘것없는 것이라고 생각하게 만든 인물입니다.

  또한, 그분은 독특한 말솜씨를 갖고 있었습니다. 우리는 들은 것보다는 직접 본 것을 더 효과적으로 기술할 수 있다고 생각하기는 합니다만. 그러나 동일한 주제에 대한 모어 씨의 그림 같이 정확한 묘사를 볼 때, 가끔 저는 저 자신이 유토피아에 살고 있는 듯한 착각을 하지 않을 수 없습니다. 사실 정직하게 말씀드리면, 저는 모어 씨의 유토피아 섬에 대한 서술에서 라파엘 씨 자신이 5년 동안 유토피아에 살면서 견문한 것보다도 더 많은 것을 배웠다고 생각합니다. 페이지마다 놀라운 솜씨로 상당히 긴 이야기를 한마디도 빼놓지 않고 재생시킨 정확한 기억력, 지금까지 알지 못했던 모든 사회악의 현실적이고 잠재적인 원인을 즉각 파악하는 재주, 문체의 힘과 유려함, 아주 복잡한 이야기를, 공사로 매우 바쁜 와중에도 불구하고 정확하고 힘찬 라틴어로 다룬 능력

중 어떤 것을 더 우선하고 또 최대의 찬탄을 바쳐야 할지 알 수 없을 정도입니다. 그러나 귀하와 같은 훌륭한 학자는 이러한 점에 놀라지는 않을 것입니다. 더구나 귀하는 이미 그를 잘 알고 있고, 또한 그의 초인적이기보다는 경이적인 재주에 익숙하실 것으로 생각합니다.

모어 씨가 간 다음에 히드로다에우스 씨가 우연히 유토피아의 알파벳과 함께 보여준 유토피아 말로 씌어진 시 4행을 첨가한 것 이외에는 전혀 보탤 것이 없었습니다. 약간의 주를 붙인 것이 다를 뿐입니다. 그런데 모어 씨는 이 섬의 정확한 위치를 몰라서 적지 않게 걱정했습니다. 사실은 라파엘 씨가 이 문제를 언급하기는 했지만, 나중에 다시 이 문제를 다루기라도 하려는 듯이 아주 간단하게 잠시 언급했을 뿐입니다. 그래서 알려지지 않은 이유로 말미암아 우리 두 사람은 정확히 듣지를 못했습니다. 라파엘 씨가 이 문제를 다루려고 하는 순간, 하인이 모어 씨에게 다가와 귓속말을 했습니다. 그래서 저는 더 주의하여 들으려고 했으나, 중요한 대목에 이르자 라파엘 씨의 동료가 심한 기침을 했기 때문에 (그는 배에서 감기에 걸렸던 모양입니다) 라파엘 씨의 나머지 말을 전혀 들을 수 없었습니다. 그러나 저는 반드시 이에 대해 정확히 알고야 말 생각이고, 그래서 귀하에게 섬의 정확한 위치, 위도, 기타 모든 것을 알려 드리고자 합니다.

그런데 그것은 저의 친구 라파엘 씨가 지금도 안전하고 건강하게 지내고 있다면 가능한 일입니다. 이것은 그에 관해 몇 가지 다른 이야기를 들었기 때문에 하는 말인데, 일설에 의하면 그는 여행 중에 어디선가 사망했거나 아니면 고국으로 돌아갔다고 합니다. 또 그가 유토피아에 향수를 느끼고, 유럽인들의 처세 방식을 견딜 수 없었기 때문에 유토피아로 돌아갔다는 소문도 있습니다.

귀하는 지리책에서 유토피아에 대한 언급이 전혀 없는 것을 의아스럽게 생각하시겠지요. 그러나 이 문제는 라파엘 씨 자신이 적절하게 해명한 바 있습니다. 그는 '고대인은 이 섬을 다른 명칭으로 불렀거나, 또는 고대인도 이 섬에 대해 전혀 듣지 못했다는 것은 있을 수 있는 일'이라고 말합니다. 오늘날 간혹 옛 지리책에는 언급이 없던 나라들이 발견되는 것을 보아도 알 수 있는 일이지요. 그러나 모어 씨와 같은 권위 있는 인물이 있는 만큼, 나는 이 점을 입증하는 논의는 하지 않겠습니다.

저는 모어 씨가 이 책의 출판을 망설이는 겸손한 마음을 충분히 이해하고 또 존경합니다. 그러나 개인적으로 저는 이러한 책은 결코 오랫동안 비밀에 부쳐져서는 안 되며, 가능한 한 빨리 출간되어야 한다고 믿습니다. 가능하다면 귀하가 추천사를 써 주시기를 희망합니다. 귀하께서 모어 씨의 재능을 잘 통찰하고 계시기 때문입니다. 다년간 공직에 종사하면서 지혜와 인품에 대한 최상의 칭송을 받은 사람보다도 건전한 사상을 대중에게 소개하기 위해 적격인 사람이 어디 있겠습니까?

학문의 위대한 후견인이자 이 시대가 영광으로 생각하는 인물인 귀하의 행운을 진심으로 기원합니다.

1516년 11월 1일 안트와프에서
피터자일즈 배상

제 1 부

　최근 위대한 통치자요, 무적의 영국 국왕 헨리 8세 폐하와 침착한 카스틸랴*의 찰스 왕 전하 사이에 심각한 의견 충돌이** 발생하였다. 폐하는 이 문제를 조율하고 해결하기 위해 카드버트 탄스털과*** 함께 나를 플랑드르로 보냈다. 카

---

* 스페인 중부에 있었던 옛 왕국.
** 헨리 8세의 누이동생 메리 공주와 카스틸리아의 찰스 왕은 약혼한 사이였다. 그런데 이 약혼은 찰스 왕이 프랑스의 프란시스 1세의 처제 르네(당시 4살)와 다시 약혼함으로써 파기되었다. 찰스 왕은 프란시스 1세와 결맹하는 것이 더 유익하다고 판단하였다. 영국 정부는 보복 조치로 네덜란드의 찰스 왕의 영토에 양털을 수출하는 것을 금하였다. 이 조치는 영국의 양모 무역에 역효과를 냈기 때문에, 무역 관계를 재개하기 위해서 플랑드르로 사절단을 보냈다. 모어는 영국 상인들의 요구로 이 사절단의 한 사람이 되었다(1515년 5월 7일). 그는 네덜란드에 여섯 달을 머무르는 동안, 『유토피아』 제2권을 썼다. 그리고 제1권은 영국에 귀국한 후에 썼다.
*** 카드버트 탄스털(1474~1559)은 1522년 런던 주교가 되었고, 1529년에는 다아럼 주

드버트 탄스털은 최근 문서보관 장관으로 임명되었다. 그의 학식과 덕은 매우 탁월하다고 이미 알려져 있어 별도로 언급하지는 않겠다. 나는 등불을 갖고 태양을 비추는 어리석음은 범하고 싶지 않다.

우리는 미리 예정되었던, 부르지스에서 카스틸랴의 사절단과 만났다. 이 대표들은 모두 유명한 사람들로 구성되어 있었는데, 명목상의 대표자는 부르지스 시장으로 매우 훌륭한 사람이었다. 그렇지만 타협의 대부분은 카셀의 수도원장 조지 드 테임세크에 의해 이루어졌다. 이 사람은 높은 학식을 갖추었을 뿐만 아니라 선천적인 달변가였고, 또한 법률 전문가로서, 타고난 소질과 오랜 경험을 바탕으로 뛰어난 중재자 역할을 수행했다. 한두 차례 회의를 가졌으나 아직도 합의에 도달하지 못한 몇 가지 항목이 있어서, 그들은 수일 동안 우리와 헤어져 국왕과 의논하기 위해 브뤼셀로 떠났고, 나는 그동안 내 일을 보기 위해 안트와프로 갔다.

내가 거기에 머물고 있는 동안 나를 자주 방문한 몇 사람이 있었는데, 그 중 내가 가장 좋아한 사람은 안트와프 출생

교가 되었다. 그는 윌리엄 틴들(1492~1536, 영국의 종교개혁자·성경 번역자)이 번역한 『신약성서』를 다량 구입해서 소각했는데, 이것이 역설적으로 프로테스탄트에 대해 재정적으로 도움을 준 셈이 되었다. 그는 산술에 관한 책을 써서 모어에게 바쳤으며, 모어의 묘비에는 그에 대한 감사의 구절이 새겨져 있다.

의 청년 피터 자일즈였다. 그는 주민들로부터 많은 존경을 받고 있었으며, 이 도시의 중요한 지위에 있었다. 그는 존경받을 만한 충분한 자격을 갖고 있었다. 그의 지성과 품성은 나에게 많은 인상을 남겼다. 그는 매우 훌륭한 학자이며 인품도 훌륭했다. 그는 모든 사람에게 각별히 친절했는데, 특히 친구들에게는 진실한 우정과 애정을 보였다. 그의 우정은 거의 독보적이라고 할 만했다. 그는 언제나 겸손하고 솔직했으며, 기지에 차 있으면서도 소박했다. 또한 그의 이야기를 듣고 있으면 즐거움이 저절로 솟아났다. 그는 남의 기분을 상하지 않고 재치 있게 이야기를 이끌어 가는 능력을 갖추고 있었다. 나는 집을 떠난 지 넉 달이 지났기 때문에 영국으로 돌아가 아내와 자식들을 만나보고 싶었지만, 그를 사귀고 그의 매력적인 이야기를 들으면서 점차 향수를 잊을 수 있었다.

어느 날, 나는 사람들이 항상 빈번하게 출입하는 웅장한 건물인 노트르담 사원에서 예배를 본 적이 있다. 햇볕에 얼굴이 검게 타고 수염이 길며, 망토를 한쪽 어깨에 아무렇게나 걸친 외국인과 피터 자일즈가 이야기하고 있는 것을 내가 본 것은 막 숙소로 돌아가려고 하는 순간이었다. 이 외국인의 외양과 몸차림을 보고, 나는 그가 선원이라는 생각을 했다. 이때 피터가 나를 보고 곧 내게로 다가와 아침 인사를 하고, 내가 미처 답례도 하기 전에 나를 약간 떨어진 곳으로 끌고 갔다.

"저 쪽에 있는 저분이 보이지요?"

그는 그와 이야기하고 있던 사람을 가리키며 물었다.

"저분을 모시고 선생님 댁을 막 방문하려던 참이었습니다."

나는 대답했다.

"저분이 당신이 소개하는 사람이라면, 나는 즐겁게 만나보지요."

"저분이 어떤 분인지 아시면, 선생님도 기뻐하실 것입니다. 미지의 나라들과 그 백성들에 대하여 저분만큼 많은 견문을 가진 사람이 드물기 때문입니다. 저는 선생님이 그러한 일에 관심이 매우 많다는 것을 알고 있습니다."

라고 피터가 말했다.

"내 판단이 과히 어긋나지는 않았군요. 나는 그를 보자마자 선원임에 틀림이 없을 것이라고 생각했어요."

그는 이렇게 대답했다.

"아, 그건 틀렸습니다. 그는 팔리누르스* 타입의 선원은

---

* 그리스 신화에 나오는 트로이카의 명타수. 트로이 전쟁의 용사 아이네이어스의 타수였다. 그는 타륜에서 자다가 바다에 떨어진 뒤 해변가로 헤엄쳐 갔으나, 원주민에게 살해되었다(베르길리우스의 서사시 「아에네이스」에서). 여기서 그의 이름을 든 것은 그는

아니랍니다. 그는 사실 율리시스*나 플라톤과 흡사합니다. 우리들의 친구 라파엘 씨(저분의 이름은 라파엘 히드로다에우스**입니다)는 학자라는 것을 아시게 될 것입니다. 그는 라틴어를 잘 알고 있으며 그리스어에 정통합니다. 그는 주로 철학에 관심이 많기 때문에, 그리스어에 전념했으며, 그는 철학에 대해서는 세네카와 키케로의 약간의 저작을 제외하고는 라틴어로 씌어진 것 중에는 중요한 것이 없다는 것을 알고 있습니다. 그는 세상을 두루두루 알기를 원해서 형제들에게 포르투갈(그는 포르투갈 출생입니다)에 있는 재산 관리를 맡기고 아메리고 베스푸치*** 일행에 합류하였습니다. 선

명타수이기는 하지만, 철학적 탐구가는 아니었고, 따라서 아주 현명한 인물은 아니었다는 것을 말하기 위해서이다.
* 율리시스에 비교한 까닭은 르네상스 당시 유럽 학자들은 율리시스가 인간성과 인간의 생활 방식, 정부의 형태를 성실하게 연구했다고 믿었기 때문이다.
** 라파엘 히드로다에우스는, 라파엘은 히브리말로 '신은 병을 고친다'는 뜻. 히드로다에우스는 그리스어로 '넌센스의 조제사'라는 뜻.
*** 아메리고 베스푸치(1451~1512)는 '아메리카'라는 이름의 상인, 그의 주장에 따르면, 1497년의 항해 때에 '테라 피르마', 곧 남미 본토를 발견했다고 한다. 모어는 베스푸치가 1501년에 시작한 항해에서 견문한 바를 기록한 『신세계』(1505년경 바젤)에서 '유토피아'에 대한 몇 가지 힌트를 얻은 것으로 보인다. 거기에는 '사유재산은 없고 재산을 공유하고 있는' 사람들에 대한 기록이 있다. 곧 "그들은 왕이나 정부가 없이 생활하며, 따라서 각자는 각자의 주인이다. …… 그들은 자연에 의거해서 살고 있으므로 스토아 학파에 속한다기보다는 에피쿠로스 학파에 속한다고 할 수 있다. …… 원주민들의 말에 따르면 내륙에는 금이 많지만 결코 금을 소중하게 여기지 않고 아무런 가치도 없다"고 한다. 그러나 그들은 유토피아인들과는 유사한 점보다 차이점이 훨씬 많다. 그들은 전쟁 포로, 때로는 자기 아내와 자식을 먹어 치우는 식인종이다. 베스푸치는 3백 명 이상을 먹어 치운 유명한 사람도 있었다고 말한다.

생님은 지금 만인이 읽고 있는, 아메리고 베스푸치의 『4대 항해(四大航海)』*를 아실 것입니다. 라파엘 씨는 마지막 항해 때 언제나 그와 함께 있었습니다. 라파엘 씨는 마지막 항해 때는 그와 함께 돌아오지 않았습니다만, 그 대신 그는 아메리고에게 우겨서 요새**에 잔류하는 24명 중에 끼었습니다. 그래서 그는 여행에 대한 취미를 만족시키기 위해 그곳에 머물렀습니다. 그는 장차 어디서 죽든 괘념하지 않았고, 단지 "무덤에 묻히지 못하는 자는 하늘이 덮어 준다", 그리고 "천국에는 어디서나 도달할 수 있다"고 늘 말했습니다. 하느님의 은총이 없다면 정녕 어려운 일이 일어났을 지도 모를 태도이기는 하지만요. 베스푸치가 돌아가고 난 다음에 라파엘 씨는 그 경비대의 다섯 명의 대원들과 함께 많은 탐험을 했습니다. 마지막으로 놀랍게도 그들은 실론에 도달했고, 거기서 그는 캘리컷***로 왔는데 다행스럽게도 그는 거기서 포르투갈 배를 만나 생각하지도 않았던 귀국을 하게 되었습니다."

---

* 『4대 항해』는 1507년 디에에서 초판이 간행되었다. 1차 항해 기록에는 유토피아인들과 유사한 몇 가지를 갖고 있는 원주민에 대한 기록이 보인다.
** 『4대 항해』에서 베스푸치는 29명의 대원을 무기와 6개월분의 식량과 함께 요새에 남겨 두고 왔다고 말하는데, 이 요새는 그 후 케이프 프리오로 알려졌다.
*** 인도 남부 마두라의 서해안에 있는 도시. 바스코 다가마가 희망봉을 돌아 동쪽으로 갔을 때 도착한 항구.

"그래요? 정말 고맙습니다. 저런 분과 이야기를 나눈다는 것은 확실히 흥미로운 일입니다. 그러한 기회를 나에게 마련해 주어서 감사합니다."
라고 나는 말했다.

그러고 나서 나는 라파엘에게 가서 그와 악수를 했다. 처음 소개를 받았을 때 흔히 사람들이 하는 몇 가지 평범한 인사를 나눈 다음, 우리는 내가 묵는 호텔 정원에서 쉬며 잔디로 덮인 벤치에 앉아 더욱 다정하게 이야기를 나누기 시작하였다.

우선 라파엘은 베스푸치가 떠난 뒤에 요새에서 그와 다른 사람들에게 일어난 사건을 들려주었다. 그들은 겸손하고 상냥한 태도를 취했기 때문에 차츰 원주민들과 가까워졌다. 곧 그들의 관계는 원만한 정도를 지나 아주 친숙한 사이가 되었다. 그들은 특히 어떤 왕과 친해졌는데(그 왕의 이름과 국적은 기억나지 않는다) 이 왕은 매우 친절하게도 라파엘과 그의 다섯 명의 동료 탐험가에게 여행에 필요한 음식과 돈을 준비해 주었으며 배와 마차도 빌려 주었다. 또한 그는 가장 충직한 가이드도 함께 보내 주었는데, 이 가이드는 그들이 소개장을 받은 여러 다른 왕들과의 접촉을 알선하라는 명령을 수행하고 있었다. 오랜 여행 동안 그들은 매우 높은 수준의 정치 조직을 갖춘 몇몇 도시들과 공화국들을 목격하였다.

적도 지방이나 열대 지방에는 계속되는 열기로 인해 거칠고 바싹 메마른 광대한 사막이 있다. 모든 것이 침울하고 황량하게 보이고 뱀이나 맹수, 또는 야수적이고 위험한 인간 외에는 경작이나 동물이 사는 흔적을 찾을 수 없다. 그러나 여행을 계속함에 따라 상황은 점차 바뀐다. 기후는 차츰 온화해지고 지면은 푸르고 쾌적해지며, 인간과 짐승은 점점 유순해진다. 그러다가 마을이나 도시에 살며, 마을이나 도시 안에서 자기들끼리 교역하거나, 또는 인접 지역 및 멀리 떨어져 있는 나라들과 교역을 하는 사람들을 만나게 된다.

라파엘은 이렇게 말했다.

"나는 그 지방 전체를 여행할 기회를 가졌습니다. 막 출발하려고 하는 배를 볼 때마다, 나는 나와 친구들이 함께 타도 좋으냐고 요청했고, 그들은 언제나 우리를 기꺼이 태워 주었습니다. 우리가 본 첫 번째 배들은 파피루스 잎이나 버들가지를 달고 있었고, 가죽으로 만든 돛을 달았으며, 바닥이 평평한 배들이었습니다. 그러나 후에 본 배들은 삼베천으로 만든 돛이 있는 배들이었으며, 대체로 영국 배와 유사했습니다. 그 배의 선원들은 바람과 조류에 대해 잘 알고 있었으나,

전에는 구경해 보지 못했던 나침반의 사용법에 대해 내가 가르쳐 주자 매우 좋아했습니다. 그들은 나침반에 대해서는 들은 적도 없었으므로 언제나 바다를 두려워했고, 여름철 이외에는 좀처럼 항해를 하려고 하지 않았습니다. 그러나 이제는 나침반을 너무 신뢰하게 되어 겨울철 항해를 두려워하지 않게 되었습니다. 이 유용한 발명품으로 인해 안전한 항해에 무관심하게 되어 재난을 자초할 위험이 있을 정도입니다."

그가 우리에게 말해 준 많은 지방들에 대해서 모두 이야기한다는 것은 엄청난 시간이 요구됩니다. 그것은 이 책의 목적에서 벗어나는 일입니다. 그러므로 나는 다른 책에서 그의 이야기의 교훈적인 부분, 예컨대 그가 여러 문명사회에서 본 현명한 제도들을 강조하며 그의 이야기를 되풀이하게 될 것이다. 우리는 이러한 사항에 대해서는 가장 치밀하게 질문을 했고, 그 또한 아주 즐겁고 상세하게 대답해 주었다. 그러나 그에게 괴물을 보았느냐는 따위의 질문은 하지 않았다. 괴물 따위는 이미 뉴스가 될 수 없다. 인간을 잡아먹거나, 인간의 양식을 빼앗아 가거나, 전 인구를 먹어 치우는 무서운 짐승*에 대해서는 충분히 들어 알고 있다. 그러나 현명

---

* 라틴어 본문에는 '실라와 셀라에노와 사람을 잡아먹는 레스트리고니안족'으로 되어 있음. 실라는 「오딧세이」에 나오는 머리 여섯 달린 괴수로, 율리시스의 선원 여섯 명을 먹어치웠다. 셀라에노는 「아에네이스」에 나오는 하피(새의 날개와 손톱을 가진 욕심이

한 사회제도를 가진 나라들은 쉽게 발견되지 않는다.

그가 새로 발견한 나라에서 본 것 중에는, 물론 쓸데없는 것도 많았지만, 유럽 사회의 모순을 개혁하는 데 사용할 수 있는 몇 가지 제도들도 발견했다. 앞에서 말한 바와 같이 이러한 점에 대해서는 나중에 다루게 될 것이다.

나의 현재 계획은 단지 그가 유토피아*의 제도와 관습에 대해 말해준 것을 되풀이하려는 것이다.

우선 이 공화국에 대한 이야기를 언급하게 된 사연부터 기록해야겠다. 지구의 두 부분에서 저질러진 잘못 – 확실히 이러한 잘못은 많이 있다 – 을 날카롭게 지적한 후에, 라파엘은 구세계와 신세계의 입법에 보다 현명한 제도를 논했다. 그는 모든 나라에 대해 정통해 있는 것 같았다. 마치 하룻밤 묵은 곳에서 평생을 살아보기라도 한 것 같이 생생하게 묘사하는 것이었다. 피터 자일즈는 매우 감동을 받았다.

피터 – 라파엘 씨, 당신이 어떤 왕의 신하로 들어가지 않는 이유를 알 수 없군요. 어떤 왕이든지 당신을 얻으면 몹시

많은 괴물)의 하나로, 여자의 얼굴을 가진 사나운 짐승이고, 음식을 먹으려고 하면 바로 빼앗는다.
* 유토피아는 '어디에도 없는 곳(no place)'이라는 뜻.

기뻐하리라고 나는 믿습니다. 학식과 경험으로 보아 귀하는 왕을 즐겁게 해줄 뿐 아니라, 교훈적인 본보기를 들어 유용한 충고를 할 수 있을 것입니다. 왕의 신하가 되면 당신은 자신의 포부도 살릴 수도 있고, 또 당신의 모든 친구와 친척들에게도 은혜를 베풀 수 있을 것입니다.

라파엘 – 사실 나는 친구나 친척에 대해서는 그리 많은 관심을 갖고 있지 않습니다. 나는 그들에 대한 나의 의무를 다 완수했다고 생각합니다. 대부분의 사람들은 늙고 병들어 어쩔 수 없게 될 때까지 재산에 집착해서, 많이 늙고 병들어야만 몹시 비통해하면서 재산을 양도합니다. 하지만 나는 젊고 건강할 때 나의 재산을 친구와 친척들에게 나누어 주었습니다. 나는 그들이 그것으로 만족했으리라 믿습니다. 그들은 내가 더욱 출세해서 왕의 종이 되면서까지 그들에게 이익을 주리라고 기대하지는 않을 것입니다.

피터 – 천만의 말씀! 제가 말한 것은 봉사이지 예속이 아닙니다.

라파엘 – 글자 몇 개가 다르다고 해서 큰 차이가 있는 것은 아닙니다.*

피터 – 좋아요. 당신이 어떻게 생각할지 모르지만 나는

---

* 봉사는 'service', 예속은 'servitude'이기 때문에, 글자 몇 개의 차이라고 말한 것이다.

아직도 왕을 섬기는 것이 당신 자신과 집단에게 이로운 최상의 방법이라고 생각합니다.

라파엘 – 나는 본능을 거스르면서까지 그렇게 하고 싶지는 않습니다. 현재 나는 정말로 즐거운 삶을 누리고 있고, 왕의 신하들 중 어느 누구 못지않게 행복합니다. 게다가 왕들 곁에는 이미 왕의 총애를 얻으려고 다투고 있는 사람들이 아주 많습니다. 내가 없다고 해서, 또 나 같은 사람이 몇 명쯤 없다고 해서, 왕들이 곤경에 처하게 되지는 않으리라 믿습니다.

모어 – 라파엘 씨, 당신은 정말로 돈이나 권세에는 관심이 없군요. 당신이 이 지상에서 가장 위대한 왕이라고 하더라도, 나는 이 이상으로 당신을 존경하지는 못할 것입니다. 그러나 개인적으로 좀 귀찮다 하더라도 당신의 재능과 능력을 공적인 일에 쓸 수 있다고 한다면, 그것은 더더욱 존경할 만한 철학적 태도가 아닐까요? 가장 효과적인 방법으로 이와 같이 한다면 어떤 위대한 왕의 신임을 받게 될 것이고, 나는 당신이 그렇게 하리라고 확신합니다만, 그 왕에게 정말 훌륭한 조언을 할 수 있을 것입니다. 무릇 왕이란 자는 정치에 따라 국민의 행복과 불행을 좌우하기도 하고, 소나기를 전 신민에게 퍼붓는, 일종의 분수이기도 하니까요. 당신은 해박한 이론적 지식과 풍부한 실제 경험을 갖추고 있어서, 이 두 가지 중 어느 하나만으로도 충분히 훌륭한 고문관이 될 수 있을 것입니다.

라파엘 – 모어 씨, 나에 대한 평가와 일 자체에 대한 판단은 모두 잘못되었습니다. 나는 당신이 생각하는 바와 같이 뛰어난 능력을 갖고 있지도 못하며, 갖고 있다고 해도, 나는 다른 많은 일에 전념하느라 아직도 사회에 조그만 기여도 한 바가 없습니다. 우선 왕들은 평화 시의 유용한 기술보다는 전쟁술(이에 대해 나는 아무것도 알지 못하며 알기를 바라지도 않습니다)에 더 관심이 많습니다. 그들은 현재의 왕국을 잘 다스리기보다는, 수단 방법을 가리지 않고 새 왕국을 획득하는 데 더 열중하고 있습니다. 게다가 고문관들은 다른 사람의 조언이 필요 없을 만큼 강한 자부심을 갖고 있습니다. 물론 그들은 왕들이 말하는 가장 어리석은 일을 지지함으로써 언제나 왕의 총애를 얻으려고 노력합니다. 결국 자기 자신의 기만에 빠지는 것은 자연스러운 본능입니다. 까마귀 새끼가 어미에게는 아주 귀여운 것도, 어미 원숭이가 그 새끼를 가장 예쁘다고 여기는 것도 본능입니다.

물론 다른 사람의 의견에 대해서는 뿌리 깊은 선입견을 갖고 있거나, 또는 어쨌든 자기 자신의 의견만을 최고로 여기는 사람들의 집단이 있습니다. 이런 사람들을 상대로 당신이 다른 곳에서 채택하고 있는 것을 보았거나, 또는 역사적 선례를 인증할 수 있는 정책을 제안했다고 생각해 보십시오. 과연 어떤 일이 일어날까요? 그들은 마치 자신들의 전문가로서의 평판이 위기에 처했고, 또 당신의 제안에 대해 어떤 반대를 제기하지 않으면 평생토록 바보 취급을 받기라도 할 것처럼 행동할 것입니다. 온갖 노력이 모두 수포로 돌아갈 때 그들은 마지막으로 다음과 같은 말에 의지할 것입니다.

"이것은 우리 선조들이 최선이라고 했던 것이다. 우리 중 누가 감히 선조의 지혜를 의심하는가?"

그러고 나서 그들은 이 문제에 대해 할 말은 다 했다는 태도로 자기네 의자로 돌아가 앉아 버릴 것입니다. 마치 누가 그의 선조들보다 더 현명하다고 여겨지는 것은 커다란 재난이기라도 한 것처럼! 그럼에도 불구하고 우리는 그들의 가장 현명한 결정을 쉽게 뒤집어 놓을 수 있습니다. 어리석은 자들만이 그들에게 매달리지요. 나는 이와 같이 자만심과 어리석음과 고집이 뒤섞인 사람들을 여러 곳에서 만났습니다. 영국에서 목격한 적이 있습니다.

모어 – 정말인가요? 그렇다면 우리나라에도 가신 적이 있으시군요?

라파엘 — 물론 그렇습니다. 참혹한 내란 직후에 가서 몇 달 동안 머물렀습니다. 이 내란은 영국 남서부에서 혁명*으로 시작되었는데, 결국은 반란자들이 참혹하게 대량 학살됨으로써 끝났지요. 머무는 동안 캔터베리의 대주교 존 몰턴** 각하는 나에게 큰 친절을 베풀어 주셨습니다. 그분은 추기경이기도 했으며, 당시에는 영국의 대법관을 겸하고 계셨습니다. 피터 씨에게 그분에 대해 설명해야겠군요. 모어 씨는 잘 알고 계실 테니까……. 그분은 높은 신분 때문만이 아니라 지혜와 미덕으로 존경을 받는 인물이었습니다. 보통 키였고, 고령임에도 불구하고 전혀 등이 구부러지지 않았습니다. 그분의 얼굴은 존경심을 불러일으키는 얼굴이었어요. 그분은 언제나 진지하고 근엄했지만 쉽게 사귈 수 있는 분이었습니다. 잘 알려진 일이지만, 그분은 소청자들에게 난폭하게 대했으나 해를 끼치려고 그렇게 한 것은 아니었습니다. 그분은 소청자들의 총명과 침착성을 시험해 보려고 그런 것이었습

---

* 1497년 토마스 플램모크 변호사의 지도하에 스코틀랜드 침략을 위한 과세에 반대해서 일어난 콘월 주민들의 반란. 그들은 만 5천 명의 병력을 동원했지만 6월 17일 블랙히드에서 패했다. 여기서 2천여 명이 전사했다.

** 존 몰턴(1420~1500)에 관한 부분은 자서전에 가깝다. 모어는 12살 때부터 몰턴의 집에서 자랐다. W. 로퍼의 몰턴 전기에는 다음과 같은 대목이 있다. "추기경은 모어의 기지와 싹싹함을 좋아했다. 그 때문에 귀족들과 식사를 할 때 여러 번 그에 대해 이렇게 말했다. '지금 시중을 들고 있는 이 아이는 우리들 중의 누구든 그때까지 살기만 한다면, 훌륭한 인물이 되는 것을 볼 수 있을 것이다'라고."

니다. 그분은 총명과 침착성을 신중히 사용하면 매우 유용하다는 것을 알고 있었고, 또 이러한 자질이 공공 생활에서 가장 가치 있다고 생각했습니다. 그분은 세련되고 익숙한 말솜씨를 가졌고, 법률에도 정통했습니다. 또한 그분은 뛰어난 지능과 경탄할 만한 기억력의 소유자였습니다. 이 두 가지는 선천적인 재능으로 이를 훈련과 실제를 통해 더욱 단련시켜 갔던 것입니다.

왕은 그의 판단을 매우 신뢰하는 게 분명했고, 내가 방문했을 때는 전국이 그에게 의존하고 있는 것 같았습니다. 그분은 소년의 티도 가시기 전에 대학에서 곧장 궁정으로 불려간 후, 줄곧 여러 가지 위기를 수습하는 어려운 과정을 통해 지혜를 터득하면서 정부 일을 맡아 해왔으니까요. 그렇게 배운 것은 쉽게 잊히지 않는 법이지요.

이전에 나는 추기경과 식사를 같이 했는데 어떤 영국인 변호사 한 분이 동석하였습니다. 어째서 그런 화제가 나왔는지는 잘 모르겠습니다만 영국인 변호사는 당시 절도범들에게 취해졌던 가혹한 조치들을 매우 열렬히 찬성하더군요.

"우리는 닥치는 대로 그들을 교수형에 처하고 있습니다. 나는 한 교수대에서 20명이 처형되는 것을 본 적이 있습니다. 그리고 이것이 바로 내가 아주 의아하게 여기는 대목입니다. 교수형을 면하는 자가 거의 없다는 것을 생각하면 왜 우리는 아직도 그렇게 많은 절도범들로 인해 시달림을 받고 있을까요?"
라고 그는 말했습니다.

"무엇이 이상하단 말씀입니까?"

나는 이렇게 물었습니다. 나는 추기경 앞에서도 주저 없이 자유롭게 말해 왔기 때문입니다.

"절도범을 다루는 이 방법은 공정하지도 못하고, 사회적으로도 바람직한 것이 못 됩니다. 처벌로서는 너무 가혹하고 억제책으로서는 매우 비효과적입니다. 가벼운 절도죄는 사형을 받을 만큼 나쁜 짓이 아니며, 또 그들이 양식을 얻을 수 있는 유일한 방편은 훔치는 길밖에 없다고 한다면, 아무리 엄벌을 가해도 절도를 멈추게 할 수는 없을 것입니다. 이러한 점에서 당신들 영국인은 나에게 학생들을 가르치는 것보다는 학생들에게 매질하는 것을 더 좋아하는 무능한 교장을 연상시킵니다. 이러한 끔찍한 처벌 대신에 모든 사람들에게 살아갈 길을 마련해 주어, 아무도 처음엔 도둑이 되고 다음에는 시체가 되는 절박한 상황에 처하지 않도록 하는 것이 더 중요하다고 생각합니다."

"그 점에 대한 적절한 제도는 이미 마련되어 있습니다. 그들은 갖가지 일을 할 수 있습니다. 또한 그들은 언제든지 농사를 지을 수 있습니다. 그들이 원하기만 한다면, 그들은 정직하게 생활비를 벌 수 있을 것입니다. 그런데도 그들은 고의로 범죄자의 길을 택하는 것입니다."
라고 변호사는 답했습니다.

나는 말했습니다.

"그렇게 이야기할 수는 없습니다. 이야기를 계속하기 위해 국내나 국외에서 왕과 국가에 봉사하다가 불구가 된 병사의 경우(얼마 전의 콘월 반도에서의 전투나 프랑스에서의 전투*에서)는 생각하지 말기로 합시다. 불구 병사가 귀가해서 이전의 일을 계속한다는 것은 육체적으로 불가능하며, 새로운 일을 배우기에도 너무 나이가 많습니다. 그러나 아까 말한 대로 불구 병사에 대해서는 잊기로 합시다. 전쟁은 단지 일시적인 현상에 지나지 않으니까요. 매일매일 일어나고 있는 사태만 논하기로 합시다.

우선 게으른 수벌처럼 다른 사람의, 다시 말하면 소작인의 노력에 의지해 살면서 끊임없이 지대(地代)를 올려 소작인들로부터 모조리 거둬들이는 많은 귀족들이 있습니다. 만

---

* 1942년 10월, 헨리 7세와의 조약을 준수하기 위해, 깔레에 상륙해서 불로뉴를 포위했으나 효과가 없었다.

약 그렇게 하지 않으면 그들은 낭비로 인해 즉시 파산할 것입니다. 그러나 그들만이 게으름을 피우는 것은 아닙니다. 그들은 자신들과 마찬가지로 게으르고 무수한 시종들 - 그들은 생활비를 버는 법을 배운 적이 없습니다-을 거느리고 있습니다. 만약 주인이 죽거나 자신이 병들게 되면 그들은 곧 쫓겨나게 됩니다. 귀족들은 병자보다는 게으름에 훨씬 호의적이고, 또 상속자는 대부분 물려받은 막대한 설비를 유지하지 못하기 때문입니다. 쫓겨난 시종들은 도둑질을 하지 않고서는 굶주림에 처할 수밖에 없는 상황이 됩니다. 이것 외에 다른 길이 있을까요? 물론 그는 누더기 옷을 입고 비렁뱅이 생활을 하며 이곳저곳을 전전할 수 있습니다. 그러나 이러한 상태로는 어떤 지주도 그를 고용하려 들지 않을 것이고, 농부도 그를 감히 쓰려고 하지 않을 겁니다. 한때는 호화스럽게 살면서 제복을 입고 뽐내며 돌아다니기가 일쑤였으며, 이웃사람들을 멸시하던 자가 이제 적은 품삯을 받고 겨우 연명할 수 있는 음식을 먹으며, 곡괭이와 호미를 들고 일하면서 가난한 사람을 충실히 섬길 리는 없지 않겠습니까?"

변호사가 대답했습니다.

"그러나 우리는 바로 그런 사람을 격려해 주어야 합니다.

전쟁이 났을 때 그런 사람이 군대의 기둥이 되는 것입니다. 그런 사람이 평범한 직공이나 농부보다는 용기와 자존심이 더 많기 때문이지요."

나는 대답했습니다.

"당신의 말씀대로라면 전쟁을 위해서 도둑을 장려해야 한다는 것과 같습니다. 그렇다면 도둑이 없어진다는 일은 결코 있을 수 없겠군요. 물론 당신이 도둑은 유능한 군인이 되고, 군인은 모험적인 도둑이 된다고 하신 말씀은 옳습니다. 이러한 두 종류의 전문가는 비슷한 점이 상당히 많습니다. 그러나 당신이 염려하는 바와 같이, 이러한 폐단이 영국에만 있는 것은 아닙니다. 그건 사실 전 세계적인 전염병이지요. 프랑스는 이러한 폐단으로 말미암아 더 지독한 곤란을 겪고 있습니다. 프랑스에서는 심지어 평화 시에도 당신이 게으른 시종을 부양해야 한다고 한 것과 같은 이유로 고용된 용병들로 들끓고 있습니다. 아시다시피 전문가들은 공공의 안녕을 위해서 주로 숙련된 군인들로 구성된 강력한 상비군을 유지해야 한다고 생각했습니다. 전문가들은 신병들을 믿을 수 없어서 병사들을 훈련시키고, 그래서 살루스티우스*가 적절하게 표현한 것처럼, 그들의 솜씨를 유지시키고자 목을

---

* 살루스티우스(기원전 86~35). 로마의 역사가이며 정치가.

자르도록 일부러 전쟁을 일으키기 때문에 숙련된 군인이 있게 마련이지요.

프랑스는 이런 뼈아픈 경험을 통해 이런 식으로 야만적인 애완동물을 키우는 것이 얼마나 위험한가를 배웠습니다. 로마·카르타고·시리아 및 기타의 많은 나라들의 역사에도 동일한 교훈이 많이 존재합니다. 상비군이 기회 있을 때마다 그들을 고용한 정부를 전복하고, 그 영토를 유린하며 파괴하는 예가 많지 않았습니까? 이들이야말로 진정 불필요한 존재입니다. 프랑스 군인은 철저한 군사 훈련을 받았음에도 불구하고 프랑스인이 당신네 나라의 전시 징집병들을 격퇴시켰다고 자주 주장할 수 없는 사실을 보아도 이를 명백히 알 수 있습니다. 나는 더 강력하게 이 사실을 강조하지 않겠습니다. 당신들에게 아첨하는 것으로 보일 수 있으니까요

또한 당신이 말씀하신 사람들, 곧 도시의 직공이나 시골의 무식한 농부들이 모두 문제의 시종들을 두려워하고 있다고 생각하지는 않습니다. 사실은 이렇습니다. 시종들은 처음에는 강인한 체력과 체격을 갖고 있지만 아무것도 하지 않고 앉아서 빈둥거리거나, 여자조차도 하지 않을 보잘것없는 일을 하다 보면 곧 나약해지고 맥이 풀려 버립니다. 그러므로 그들에게 유용한 기술을 가르치고 다른 남자들이 하는

것처럼 일을 하게 하면 그들이 남자다움을 모두 상실하는 위험은 없을 것입니다. 평화가 중요한 시기에는 무수한 평화의 교란자들을 유지하며 전쟁을 준비하는 것이 어째서 공공의 이익이 되는지 이해할 수 없습니다.

그러나 이것이 사람들로 하여금 도둑질을 하게 하는 유일한 이유는 아닙니다. 당신의 나라에서만 발견되는 독특한 요인들이 작용하고 있다고 나는 생각합니다."

"그 요인들은 무엇이지요?"
라고 추기경이 물었습니다. 나는 그에게 말했습니다.

"양 떼들입니다. 이 얌전하고 아주 조금밖에 먹지 않는 짐승이 이제는 무서운 식욕을 갖게 되어 사람까지 모조리 먹어치우는 상황이 된 것 같습니다. 들과 집과 도시, 모든 것을 삼켜 버립니다. 더 쉽게 말씀드리면 최상의, 그리고 가장 값비싼 양모를 산출하는 지방에서는 귀족과 지주, 심지어 몇몇 성직에 있는 수도원장까지도 그들의 선조들이나 선임자들이 토지로부터 거두던 이익에 점점 불만을 갖게 되었습니다. 그들은 기존의 게으르고 편안한 생활(이것은 사회에 조금도 이익이 되지 않습니다)만으로는 만족할 수 없게 되었습니다. 그들은 소유지를 모두 목장으로 만들고, 아무도 경작을 못하게 해서 사회에 적극적으로 해를 가하지 않을 수 없게 되었습니다. 심지어 그들은 가옥을 철거하고 전 촌락을 없애고 있습니다. 물론 교회는 제외되어 있지요. 그 교회는 양의 우리로 사용하기 위해 남겨놓은 것입니다. 그들은 보호림이나 엽조수 보육지(獵鳥獸 保育地)를 갖고 있음에도 불구하고 아직은 이 땅을 황폐화시키지 않았습니다. 대신 인간의 주택지의 모든 흔적들을 파괴하기 시작했으며, 농토를 한 조각도 남기지 않고 황무지로 만들기 시작했습니다.*

그 결과 어떤 일이 발생할까요? 한 사람의 탐욕스런 인간이 마치 악성 종양처럼 그의 고향을 먹어 치우고, 차례차례로 밭과 들을 흡수해서 수천 에이커를 울타리 하나로 둘러막아 버린 결과는 수백 명의 농민들의 축출입니다. 농민들은 억지로 소유지를 포기하거나, 학대에 못 견디어 끝내는 땅을 팔아 치우게 되는 것입니다. 어떠한 수단을 썼든 간에 이 가엾은 사람들, 남자와 여자, 과부와 고아, 어머니와 갓난아이는 그들의 모든 고용인과 함께 자신이 살던 곳을 떠나가지 않으면 안 되는 것입니다. 그들은 정든 집을 떠나야 하는데, 다른 곳에서는 살 만한 곳을 찾지 못합니다. 그들이 갖고 있던 살림 도구들은 별로 값이 나가지 못합니다. 그들은 기다

---

* 전쟁과 내란으로 귀족과 지주, 대수도원 원장들의 부담이 늘어나자, 상대적으로 이익이 많은 양모 생산에 집중해서 경작지뿐만 아니라 주거지까지도 목장으로 변경했다.

리다 못해 그것을 아주 헐값으로 팔아 버리게 됩니다. 그들이 잠시 동안 여기저기를 유랑하는 사이, 이 적은 돈을 모두 없애 버리고 나면 이제 어떻게 될까요. 다른 사람의 물건을 훔치는 것 이외에는 별도리가 없지 않습니까? 그래서 판에 박은 듯이 교수형을 당할 도리밖에 없지 않습니까? 물론 그들은 유랑하는 걸인이 될 수도 있지만, 그렇게 되어도 그들은 부랑자라고 체포되어 게으르다는 죄로 감옥에 들어가게 마련입니다. 그들이 일을 간절히 원했건만, 아무도 그들에게 일을 주지 않을 때에 그렇게 된단 말입니다. 그들에게는 농사가 손에 익은 일이지만, 경작할 땅이 없으니 농사일이 있을 리가 없습니다. 요컨대 곡식밭을 만들려면 상당히 많은 일손이 필요하지만, 그 땅에 양이나 소를 놓아먹이는 경우에는 한 사람의 양치기 또는 소치기로 족하기 때문입니다.

같은 이유로 여러 지방에서 곡식 값이 아주 비싸집니다. 또한 양모 값이 폭등하여 양털을 사다가 집에서 모직물을 짜서 생계를 유지하던 가난한 사람들은 양털을 살 엄두도 못 내게 됩니다. 이것은 더 많은 사람들이 일에서 쫓겨난다는 것을 의미합니다. 양역(羊疫)의 유행에도 일부의 원인이 있는데, 농토가 목장으로 바뀌기 시작한 직후에 전염병이 유행해서 무수한 양이 죽었던 것입니다. 그것은 마치 토지 소유자의 탐욕에 대한 응징처럼 보였습니다. 양 대신에 '그들'이 전염병에 걸렸어야 했을 것이라는 점을 제외하고는. 그렇다고 양이 많아진다고 값이 내리지는 않을 것입니다. 양 시장은 엄격한 독점 상태는 아니라고 하더라도—이것은 판매자가 한 사람밖에 없다는 것을 의미하기 때문입니다—적어도 과점(寡占) 상태에 놓여 있기 때문입니다. 두세 명의 부자가 거의 전적으로 시장을 지배하고 있습니다. 이 부자들은 그들이 필요하다고 생각할 때까지는 판매할 필요가 없는 사람들이고, 따라서 그들은 원하는 값을 받을 때까지는 결코 팔지 않습니다. 이것은 또한 다른 가축의 가격도 인상시키는 결과가 되며 특히 농장의 파괴로 말미암은 여러 가지 가축의 부족과 농업의 일반적 쇠퇴라는 점에서 보아 그렇습니다. 나는 부자들이 양이나 소가 새끼를 낳는 것까지 돌볼 필요는 없다는 점을 말하고 있습니다. 그들은 다른 사람들로부터 마른 짐승을 싸게 사서 자신의 목장에서 살찌게 만든 다음, 많은 이익을 붙여서 되팔기만 하면 되는 것입니다. 나는 이것이 아직껏 현재의 사정을 전적으로 이해하지 못하도록 만든 이유라고 생각합니다. 아직까지 그들은 단지 그들의 판매 지역에서만 값을 올리고 있었을 따름이니까요. 그러나 그들이 다른 지역이 미처 수요에 응하지 못할 만큼 빠르게 다른

유토피아 47

지역으로부터 계속 짐승들을 들여온다면, 구매 지역의 저장량도 점차 고갈되어 결국은 모든 지역에서 심각한 부족 현상이 일어날 것입니다.

이와 같이 소수의 탐욕스러운 사람들이 영국의 가장 중요한 자연적 이점 중의 하나를 국가적 재난으로 뒤바꿔 놓았습니다. 식량 값이 비싸져 고용자는 다수의 하인을 해고하였으며, 해고된 자들은 어쩔 수 없이 걸인이나 도둑이 되었습니다. 아마도 용기가 있는 자는 쉽게 도둑이 되어버린 것이지요.

상황을 더욱 악화시키는 것은 비참한 빈곤을 무색하게 만드는 부조리한 사치 풍조입니다. 귀족들은 말할 것도 없고 하인이나 직공, 심지어 농업 노동자 등 사실상 모든 사회 계급이 옷과 음식에 지나친 낭비를 하고 있습니다. 선술집이니 요릿집이니 하는 이름을 내건 유흥장을 비롯해서 얼마나 많은 매음굴이 있는지 생각해 보십시오. 사람들이 즐기고 있는 놀이 – 트럼프 놀이, 주사위 놀이, 테니스, 볼링, 쇠고리 던지기 등을 통해 성행하고 있는 도박을 생각해 보십시오. 이러한 방탕한 놀음은 사람들이 돈을 재빨리 탕진하게 하는 방법이고, 따라서 그들을 곧장 도둑질로 몰아넣는 것이 아니고 무엇이겠습니까?

이와 같이 사행심을 조장하는 놀이들을 근절시키십시오. 농장이나 농촌 촌락을 파괴시키는 자는 누구든 스스로 이를 재건하거나 그렇지 않으면 그렇게 할 의사가 있는 사람에게 토지를 양도하도록 하는 법률을 제정하십시오. 소수의 부자들이 시장을 지배하거나 독점하지 못하도록 하십시오. 공짜로 먹고 사는 사람들의 수효를 줄이십시오. 농업과 모직 공업을 부흥시켜 대규모의 실업자 집단(현재의 도둑만이 아니라 미래에 도둑이 되지 않을 수 없는 부랑자나 게으른 하인들까지도 포함시켜서 말하는 것입니다)에게 정직하고 유용한 일을 많이 주도록 하십시오. 이러한 사태를 바로잡기까지는 당신이 도둑들에게 정의가 실현되고 있다고 자랑할 수 없을 것입니다. 그것은 현실적으로 사회가 소망하고 있는 것에는 훨씬 못 미치는, 표면상으로만 드러나는 정의이기 때문입니다. 이러한 사람들은 가장 나쁜 환경에서 성장하면서 어릴 적부터 체계적으로 타락되도록 방치되어 왔습니다. 결국 그들이 자라면 범하지 않을 수 없도록 운명 지워진 범죄를 저지를 때, 당신들은 그들을 처벌하기 시작합니다. 다른 말로 한다면, 당신들은 도둑을 만들고, 그들이 도둑질을 했다고 처벌하는 형국입니다."

내가 말을 마치기 훨씬 전부터 변호사는 대답을 준비하고 있었습니다. 그는 새로운 대답을 하기보다는 오히려 이미 말한 것을 되풀이하는 방식으로 즉, 일일이 대답하기보다는 요점만 기억하고 있다가 반박하는 식으로 대응하는 사람임이 분명했습니다.

그는 말했습니다.

"매우 훌륭한 말씀이십니다. 이 나라 사정을 확실히 모르는 외국인으로서는 말입니다. 나는 우선 당신이 말씀하신 요점을 정리해 보겠습니다. 그러고 나서 당신이 이 나라의 사정을 몰라 어떤 점에서 과오를 범했는가를 입증하도록 하겠습니다. 그리고 마지막으로 나는 당신의 모든 논의를 반박하도록 하겠습니다. 이러한 순서로 말씀드리기로 하겠는데, 내 생각에 당신은 네 가지 점에 있어서……"

이때 추기경이 그의 말을 가로막으며 개입하였습니다.

"서론을 보건대 아무래도 답변이 간단치 않을 것 같군요. 다음에 만날 때까지 그 답변을 연기하십시오. 두 분이 한가하시다면 내일이라도 만날 수 있지 않겠습니까? 그런데 라파엘 선생, 나는 당신께 절도에 대한 극형을 왜 반대하며, 어떠한 처벌이 공공의 이익을 위해 더 바람직하다고 생각하는가 하는 점에 대해 들었으면 좋겠군요. 내 생각으로는 당신도 절도는 근절되어야 한다고 생각하시는 것 같아서 말입니다. 그리고 사형을 시키는데도 불구하고 절도는 계속 증가하고 있는데, 도대체 어떠한 힘이 절도를 근절시킬 수 있으며, 어떤 저지책이 효과적일까요? 오히려 형벌을 가볍게 하는 것은 범죄를 적극적으로 유도할 수 있다고 해석될 수 있지 않을까요?"

나는 말했습니다.

"존경하는 추기경님, 약간의 돈을 훔쳤다고 해서 인간의 생명을 빼앗는 것은 공정하지 못한 일입니다. 제 생각으로는 아무리 많은 재산이라도 인간의 생명과 맞먹을 수는 없습니다. 만일 돈을 훔쳐서가 아니라 법을 깨뜨리고 정의를 어겼기 때문에 처벌된다고 말씀하신다면, 이 절대적인 정의라는 개념은 결코 공정하지 못한 것이 아니겠습니까? 경미한 불복종에 대해서도 사형으로 처벌하는 독재적인 정권이나, 모든 범죄는 동일하다는 식으로(다시 말해서 절도와 살인은 완전히 다른 것임에도 불구하고 절도와 살인을 법적으로 구별하지 않는) 스토아적 역설에 근거를 둔 법률에는 누구도 찬성할 수 없을 것입니다.

하느님은 말씀하셨습니다. '살인하지 말라'고 약간의 돈을 훔쳤다고 해서 우리가 살인을 하는 것이 전적으로 정당화될 수 있을까요? 이 계명은 불법적인 살인에만 적용된다고 한다면 인간이 어떤 형태의 강간, 간통, 위증을 마찬가지로 합법화시키는데 동의할 때, 이는 하느님의 법률보다도 인간의 법률을 더 존중하는 것이 되지 않을까요? 하느님이 자살하는 것조차 금지한 것을 고려할 때, 인간 상호간의 살육을 막기 위한, 순수하게 인간적인 조치에 의해서 어떤 신성한 권위에 의존하지 않고 사형 집행자를 여섯 번째 계명으로부터 면제시켜 준다면, 이것이 정당하다고 정말로 믿을 수 있을까요? 그렇다면 오히려 특별한 계명은 인간의 법률이 허용하는 한도 내에서만 타당성을 갖는다고 하는 것이 옳지 않습니까? 이러한 경우에는 이 원칙은 무한히 확대되어서 결국은 모든 생활면에서 인간이 하느님의 계명을 어느 정도로 편리하게 준수할 것인가를 결정할 것입니다.

모세의 율법(이것은 노예 때문에 제정되었으며 확실히 가혹했습니다. 하긴 노예도 반항적이었지만) 하에서도 절도는 교수형을 받지 않고 단지 벌금을 물었을 뿐입니다. 신이 갖고 있는 인간에 대한 자비심을 나타내는 새로운 섭리가 인간 상호간의 잔인한 행위를 허용하고, 그 범위를 낡은 섭리보다도 더 확대했다고는 볼 수 없습니다.* 그런데 지금까지

---

* '새로운 섭리'와 '낡은 섭리'는 『신약성서』와 『구약성서』의 차이, '계율'의 종교로서의 유태교와 '사랑'의 종교로서의 기독교의 차이를 말한다.

말씀드린 것은 도덕적 근거에 입각한 반대였습니다. 실제적인 관점에서 보더라도 절도범과 살인자를 똑같은 방법으로 처벌한다는 것은 불합리하고, 사회를 위해서도 매우 위험한 일인 것입니다. 살인에 대한 판결이 절도에 대한 판결보다 무겁지 않다는 것을 절도범이 안다면, 그는 만약 그렇지 않다면, 단지 절도에 그쳤을 행위에서 나아가 사람을 살해하는 데까지 이를 수 있게 되는 겁니다. 그가 체포된다고 하더라도 더 나쁠 것이 없고, 또한 살인은 유일한 목격자를 없애버림으로써 체포되지 않고, 범죄를 은폐해 버리기에 더 좋으니까요. 결국 우리는 절도를 위협하려고 노력하다가 실제로는 그들로 하여금 무고한 사람들을 죽이게 만들고 있었던 셈입니다. 흔히 물어보는 식으로, 그러면 어떠한 형벌이 더 나을까요? 어떤 형벌이 더 나쁘냐고 묻는다면 저는 대답하기가 더 어려울 겁니다. 그런데 전문적인 행정관인 로마인들이 오랫동안 유지해온 제도의 가치를 의심해야 할 까닭이 무엇입니까? 잘 알려져 있다시피 그들은 중죄인들에게 광산이나 채석장에서의 종신 징역형에 처했습니다.

그러나 내가 알고 있는 최상의 제도는 내가 페르시아를 여행할 때에 '폴릴레리타에'라고 알려진 지방에서 본 것입니다. 폴릴레리타에인들은 광대하고 잘 조직된 사회를 갖추고 있는데, 페르시아 왕에게 세금을 물어야 한다는 것을 제외하면 완전히 자치적입니다. 그들은 바다에서 멀리 떨어져 있고 사실상 산으로 둘러싸여 있으며 매우 풍요로운 국토에서 거두는 수확만으로 만족스럽게 살고 있기 때문에, 외국인과 거의 교류가 없습니다. 그들의 국토는 산으로 둘러싸여 있고, 왕에게 조공을 바치고 그 덕분에 외부 침략으로부터 보호받고 있었습니다. 이것은 그들이 병역에서 면제되고 있음을 의미하며, 따라서 그들은 호화스럽지는 않지만 안락하게 살며, 유명하거나 영광스럽다고 할 수는 없지만(이는 직접 인접하고 있는 사람들을 제외하고는 그들에 대해 들어본 사람들이 없을 것이기 때문입니다) 행복합니다.

그런데 폴릴레리타에서 판결을 받은 절도범은 대부분의 다른 국가와 마찬가지로 왕에게가 아니라 그 소유자에게(그곳에서는 왕도 절도범과 마찬가지로 훔친 물건에 대해 아무런 권리를 갖지 못합니다) 훔친 물건을 돌려줘야 합니다. 만약에 훔친 물건을 갖고 있지 않으면, 절도범의 재산에서 그만큼을 공제하고, 그 나머지 재산은 고스란히 처자에게 인계합니다. 절도범은 중노동에 처해집니다. 강도를 제외하고는 절도범은 감금하거나 족쇄를 채우지 않으며, 매우 자유로운 상태에서 공공 사업장에 취역시킵니다. 그가 노역을 거부하거나 태만하면, 쇠사슬이 채워지고 더 이상 게으름을 피우지 못하게 합니다. 그들은 민첩하게 움직이도록 채찍질을 당하기는 합니다. 만일 그가 열심히 일한다면 그는 결코 나쁜 대우를 받지 않습니다. 그는 매일 저녁 점호를 받아야 하며 밤에는 갇히게 됩니다. 그러나 매우 장시간 노동을 한다는 것을 제외하고는 그는 아주 편안한 생활을 합니다.

그들에게는 먹을 음식도 충분히 제공됩니다. 기결수들은 공공의 사역인으로 일하기 때문에 식량은 국가의 경비로 제공됩니다. 여기에 필요한 기금을 조달하는 방식은 지방에 따라 차이가 있습니다. 어떤 지방에서는 기부금을 모아서 이 기금을 충당합니다. 이것은 불확실한 방법처럼 보이겠지만 실제로는 다른 방법보다 더 효과적입니다. 그 나라 사람들은 대체로 남을 돕는 일에 인색하지 않기 때문입니다. 다른 지방에서는 이를 위해 일정한 국가 세입을 할당하거나 특별 인두세를 징수합니다. 또 지방에 따라서는 공공 사업장에서 일하는 대신, 죄수를 개인 기업에 고용시키는 곳도 있습니다. 죄수의 노동력이 필요하면 누구든지 시장에 가서 일당으로 죄수와 계약을 하는데, 자유인 노동자에 비해 임금이 쌉니다. 고용자는 죄수들이 열심히 일하지 않으면 채찍질을 할 수 있습니다. 이러한 제도로 말미암아 죄수들은 언제나 일자리를 갖게 되고, 그들에게 식사가 제공되며, 죄수들은 각자 매일매일 국고에 기여를 합니다.

  그들은 다른 사람들은 입지 않는 특별한 색깔의 옷을 착용하게 됩니다. 그들의 머리는 전부 깎지 않고 단지 두 귀 위쪽만 짧게 깎으며, 한쪽 귀의 끝을 조금 잘라 버립니다. 그들의 친구는 그들에게 음식이나 규정된 색깔의 옷을 줄 수 있으나, 그들에게 돈을 주거나 또는 그들이 돈을 받으면 사형을 받게 됩니다. 어떠한 구실로든 노예(죄수는 보통 이렇게 불립니다)들로부터 돈을 받으면 자유인일지라도 사형을 받으며, 노예가 어떤 종류의 무기에 손을 대도 사형을 받습니다.

  노예는 각자 자신이 어떤 지역에 속하는가를 보여주는 표식을 달고 사는데, 이 표식을 제거하거나 자신의 지역을 벗어나거나 혹 다른 지역에서 온 노예와 이야기를 하면 사형에 처해집니다. 도주에 대해서는 도주하는 것과 마찬가지로 이를 계획하는 것도 모험입니다. 이러한 계획에 가담하는 경우의 처벌은 노예에 대해서는 사형, 자유인에 대해서는 노예가 됩니다. 반대로 도주 계획을 밀고하면 자유인의 경우에는 현금으로 보상을, 노예인 경우에는 자유를 얻을 수 있습니다. 제보자가 범죄 계획에 가담했다고 하더라도, 범죄 계획을 진행시키는 것보다는 포기하는 것이 더 안전하다는 원칙에 따라 사면을 받습니다.

지금까지 말한 것이 이 제도를 운영하고 있는 실태이며, 이 제도는 분명히 매우 편리하고 인간적입니다. 범죄에는 엄격하지만 범인의 생명을 구하고 범인을 싫든 좋든 선량한 시민이 되도록 다루고 있으며, 따라서 범인은 그들이 과거에 저지른 해독을 보상하는 데 여생을 바치게 되는 것입니다.

그들이 다시 옛날의 범죄로 되돌아갈 위험은 거의 없기 때문에 그들은 일반적으로 장거리 여행자에게는 가장 안전한 안내인으로 간주되고 있으며, 장거리 여행자들은 통과하는 지역을 따라 차례로 그들을 고용합니다. 아시다시피 노예들은 노상강도를 할 무기를 갖고 있지 않습니다. 그들은 무기를 휴대할 수 없고 만일 그들에게서 돈이 발견된다면 그것은 그들이 범죄를 저질렀다는 증거가 됩니다. 그들이 체포되면 즉석에서 처벌을 받으며, 게다가 그들은 체포되지 않으리라는 희망을 전혀 품을 수조차 없습니다. 나체로 도망하기 전에는 (이때에는 귀가 신분을 드러낼 것입니다) 보통 사람과 구별되는 옷을 입고 어떻게 무사히 도망갈 수 있겠습니까? 물론 그들이 정부 전복의 음모를 꾸미지 않을까 하는 위험은 남아 있습니다. 그러나 우선 전국적으로 여러 지역의 노예들을 선동하지 않고, 어떻게 어떤 한 지역의 노예만으로 그러한 대규모의 행동을 조직할 수 있겠습니까? 그런데 다른 지역의 노예를 선동한다는 것은 절대로 불가능합니다. 그들은 다른 지역의 노예들과 음모를 꾸미는 것은 고사하고, 그들과 만나거나 이야기를 나누거나 아침 인사를 하는 것조차 불가능하기 때문입니다.

게다가 비밀을 지키는 것은 매우 위험한 일이고, 반면에 밀고하면 아주 유익하다는 것을 알고 있는 같은 지역의 노예를 함부로 비밀 계획에 가담시키려는 노예가 있을까요? 한편 모든 노예는 단지 그들이 명령받은 것을 수행하고, 당국자에게 그가 장차 올바르게 살리라는 확신을 주기만 하면 자유를 회복할 약간의 희망을 가질 수 있는 것입니다. 매년 상당수의 노예가 선행을 했다는 이유로 석방되기 때문입니다."

그러고 나서 나는 이 제도가 영국에서 채택되지 못하는 이유를 알지 못하겠다고 덧붙였습니다. 이 제도는 변호사가 높이 평가한, 이른바 '정의'보다도 훨씬 좋은 결과를 가져올 것이라고 말했습니다.

이 말을 듣고 우리의 유식한 친구(변호사를 이렇게 말합니다)는 고개를 흔들었습니다.

변호사는 경멸의 미소를 띠면서 선언했습니다.

"그러한 제도는 영국민의 안전에 심각한 위험을 끼칠 수 있으므로 영국에서는 결코 채택할 수 없을 것입니다."

그는 한마디로 결론을 내버렸습니다. 그리고 동석했던 모든 사람이 그의 의견에 동의하였습니다.

이때 추기경이 그의 의견을 제시했습니다.

"그것이 효과를 거둘는지, 그렇지 못할는지 시험해 보기 전에는 예측하기 어려운 것입니다. 그러나 국왕이 시험 시간을 두고 사형 선고의 집행을 연기했다고 가정합시다. 우선 법률의 힘이 미치지 못하는 죄인 비호소(庇護所)의 모든 특권을 폐지한 뒤 결과가 좋으면 이 제도의 항구화가 가능할 것입니다. 결과가 좋지 못하면 그때 원래의 판결을 집행할 수 있을 것이며, 그것은 지금 집행하는 것과 마찬가지로 사회에도 유익하고 정의로울 것입니다. 반면에 커다란 피해는 없을 것입니다. 사실 나는 부랑자를 이런 방식으로 다루는 것도 나쁘지 않다고 생각하고 있습니다. 우리는 항상 부랑자에 대한 법률을 제정하고 있지만 아직까지는 별 효과를 거두지 못하고 있습니다."

그러자 내가 말했을 때에는 아무도 진지하게 듣지 않던 생각이건만, 추기경이 이렇게 말하자 모두 열렬히 찬성하였습니다. 특히 그들은 부랑자 문제에 대해 더욱 민감한 반응을 보였습니다. 왜냐하면 그것이 추기경 자신이 부랑자에 대한 의견을 첨가한 것이었기 때문입니다.

아마도 그 후에 계속된 대화는 그다지 진지한 것이 아니었던 만큼 생략하는 것이 마땅하다고 생각되나 전혀 나쁘지 않은 대화였고, 또 현재의 화제와도 관련이 있기 때문에 생략하지 않기로 합니다. 동석자 중에는 늘 남의 식객으로 지내는 익살꾼이 한 사람 있었는데, 그는 광대짓을 할 뿐이면서도 남들이 그것을 정말로 알아주기를 바라고 있었습니다. 그가 하는 농담은 흔히 맥이 빠져서 사람들은 그의 농담 때문에 웃는 것이 아니라 그 사람 자체가 우스워서 웃기가 일쑤였습니다. 그러나 그도 가끔은 성공을 거두어서 '첫 번째 성공하지 못하거든 몇 번이든 다시 해보라'는 속담을 연상케 했습니다. 그런데 어떤 사람이 이 자리에서 추기경과 내가 절도와 부랑자의 문제를 해결하였으므로, 남은 문제는 너무 늙거나 너무 게을러서 생계를 유지하지 못하는 가난한 사람들에 대한 적절한 국가 시책을 강구하는 것이라고 말하면서 그에게 넌지시 의견을 구했습니다.

"문제는 나에게 맡기십시오."
라고 이 신사는 말했습니다.

"당신들이 어떻게 하면 되는지 말씀드리겠습니다. 사실은 나도 그런 사람들을 보지 않게 되기를 열망하고 있습니다. 나는 그들이 구슬픈 목소리로 노래를 부르며 돈을 달라고 해서 자주 괴로움을 받아 왔습니다. 그러나 그러한 노래로 나를 감동시켜서 한 푼이라도 받아 낸 적은 없습니다. 언제나 나는 그들에게 무엇을 주고 싶다고 느끼지 못했고, 또는 그렇게 느꼈다고 해도 내 자신이 아무것도 가진 것이 없기 때문에 줄 수가 없었습니다. 그래서 이제는 그들도 그것이 시간을 낭비할 뿐이라는 것을 알고 있습니다. 그들은 내가 지나가는 것을 보면 말도 걸지 않고, 지나가는 것을 바라볼 뿐입니다. 그들은 내가 성직자여서 그들을 전혀 도와주지 못하는 것처럼 생각합니다. 자, 나는 걸인들을 베네딕트 수도원에 강제 입단시키는 법률을 제안합니다. 남자는 수사(修士)가 되게 하고, 여자는 수녀(修女)가 되게 하는 것입니다."

추기경은 미소를 머금으며 농담 삼아 동의하였습니다. 그러자 다른 사람들도 아주 진지한 얼굴로 동의하였습니다. 오직 신학을 배운 것이 틀림없는 탁발승 한 사람만이 예외였습니다. 그는 평소에는 매우 근엄한 사람이었으나, 성직자와 수도사들에 대한 풍자가 마음에 들었는지 농담을 걸기 시작했습니다.

"아, 그러나 그렇게 쉽게 걸인들을 없애지는 못할 겁니다. 우리들 탁발 수도사들은 어떻게 할 작정입니까?"

수도사가 말했습니다.

"무슨 말씀을. 그것은 이미 결정되었지요. 부랑자들을 단속해서 유용한 일에 종사시킨다는 추기경 각하의 놀라운 규정을 잊으셨습니까?"

익살꾼이 대답했습니다.

모두 추기경이 이 말을 어떻게 받아들일지 호기심을 갖고 추기경을 바라보았습니다. 추기경이 반대의 기색을 보이지 않자 탁발승만을 제외하고는 이 말을 재미있게 받아들였습니다. 그러자 탁발승은 냉혹한 풍자에 자제력을 잃은 나머지 함부로 욕을 하기 시작했습니다. 그는 익살꾼을 악마의 자식을 포함해서 그가 생각해 낼 수 있는 모든 혐오스러운 이름으로 부르는가 하면 성서 인용까지 하면서 무섭게 저주하였습니다.

이렇게 되자 익살꾼은 그의 진면목을 드러내기 시작했습니다. 그는 분명히 때를 만났다고 생각하고 있었는데, 그는 이렇게 시작했습니다.

"존경하는 스님, 그렇게 너무 노하지 마십시오. 스님께서는 성서에 나오는 '참고 견딤으로써 참 생명을 얻게 될 것이다'라는 말씀을 아시지요?"

"나는 성내지 않았단 말야, 이 사기꾼아!"
라고 탁발승은 외쳤습니다.

이것은 그가 한 말 그대로입니다.

"내가 성냈다 하더라도 조금도 잘못이 아니야. '화는 내되 화로 인하여 죄를 짓지는 말라'—이 또한 시편에 있는 말씀이야."

추기경은 조용히 그에게 참으라고 말했습니다.

"저 보고 참으라고요?"

그는 되풀이했습니다.

"저의 기질에는 조금도 나쁜 점이 없습니다. 그러한 말을 하게 만든 것은 정당한 열성, 성자들을 노하게 만든 것과 마찬가지의 정당한 열성입니다. 시편에는 '당신 댁의 저주가 저를 삼켜 버렸나이다.'라는 말이 있고, 교회에서 부르는 찬송가에는 이런 내용이 있습니다.

> 하느님의 집으로 향해 가는 엘리샤를 보고
> 그가 대머리라고 조롱하던 아이들은
> 여호와의 이름으로 엘리샤가 저주하여 형벌을 받았네.*

---

* 성 빅토(1172년에서 1192년 사이 사망)의 아담 찬미가의 일절. 카멜파 탁발 승단에서 부르던 찬미가로, 이 승단에서는 구약시대의 예언자 엘리샤를 승단의 개조로 삼았다.

유토피아 63

저 추악한 익살꾼 바보에게도 같은 일이 일어나리라는 것을 나는 말할 수 있습니다."

추기경은 말했습니다.

"자네의 감정이 고상하다는 것은 확실하네. 그러나 바보와 싸워서 자신도 바보가 되지 않도록 하는 것이 행동을 더욱 고상하게 만드는 것이 아닐까 생각하네. 그것이 확실히 더 현명할 거야."

그러자 탁발승은 대답했습니다.

"그렇지 않습니다, 각하. 그것은 결코 현명한 게 아닙니다. 솔로몬보다 더 현명한 사람이 있을까요? 그런데 솔로몬은 '바보에게 대답할 때는 그 어리석은 말과 대등한 어리석은 말로 대답하라'*고 말했습니다. 제가 지금 하고 있는 행동은 바로 이런 것입니다. 저는 그가 조심하지 않으면 꼭 빠지게 될, 한없이 깊은 함정을 그에게 보여주고 있는 것입니다. 엘리샤의 경우에는 대머리 한 사람에 대해 조롱하는 자는 마흔 두 명이었는데도, 그의 열성은 그들을 처벌했습니다.

엘리샤는 대머리였다는 고사를 수용해서 승단의 탁발승들은 머리 가운데를 둥글게 깎아 그 흉내를 냈다. 엘리샤는 어린이들에게 대머리라고 놀림을 받았고, 그래서 어린이들을 저주하여 어린이들 중 42명이 곰에게 사지가 찢겨 죽었다. 『구약』, 「열왕기」하 2장 23, 24절 및 「누가복음」 21장 19절 참조.
* 「잠언」 26장 5절.

그렇다면 여기 있는 이 자에게는 더 무서운 일이 얼마나 일어날지 모르는 것입니다. 한 사람의 조롱자가 기독교의 모든 탁발승에게 대항하다니. 그것도 탁발승의 대부분은 대머리거늘! 게다가 탁발승을 조롱하는 것을 금하고, 위반자는 파문에 처한다고 한 교황의 교서가 있습니다."

사태가 쉽게 수습이 되지 않자 추기경은 익살꾼에게 물러가 달라고 지시를 한 후 재치 있게 화제를 바꾸었습니다. 몇 분 후에 추기경이 자리에서 일어나자 우리는 헤어졌습니다. 추기경이 도움을 청한 사람들과 만나야 했기 때문입니다.

그런데 모어 선생, 내가 너무 지루한 이야기를 한 것 같습니다. 사실 이러한 이야기를 들려달라고 한 사람은 당신뿐이었고, 또한 당신은 주의 깊게 들어주셨기 때문에, 나는 당신이 생략하는 것을 원치 않으신다고 생각하였습니다. 어쨌든 이 대화는 당신께 이러한 사람들의 사고방식을 알려드리기 위해서 되풀이할 만한 가치가 있습니다. 아시다시피 내가 한 말은 모두 경멸을 받았는데 추기경이 반대하지 않는 것을 알자, 그들은 태도를 곧 바꾸어 찬성을 했습니다. 추기경에게 아첨하고자, 그들은 심지어 박수갈채까지 했고, 추기경의 식객이 한 제안조차도 단지 위대한 분이 농담 삼아 이에 동의했기 때문에 거의 진지하게 받아들였습니다. 그러므로 귀하는 궁정에서 사람들이 나와 나의 충고에 어느 정도 주목할 것인지 짐작하실 수 있을 것입니다.

모어 - 라파엘 씨, 말씀 감명 깊게 들었습니다. 당신의 말씀은 지혜와 슬기로 가득 차 있습니다. 말씀을 듣고 있는 동안, 영국으로 그리고 나 자신의 소년 시절로 돌아간 느낌까지 들었습니다. 나는 추기경의 집에서 성장했기 때문에 추기경에 대한 즐거운 추억이 되살아났습니다. 라파엘 씨, 나는 처음부터 선생을 좋아했지만, 추기경에 대한 추억으로 인해 당신에게 더욱 친밀감을 느끼게 되었습니다. 그러나 나는 아직도 당신께서 궁정 생활에 대한 혐오감을 극복하기만 한다면, 당신의 충고가 사회에 매우 유익한 기여를 할 것이라고 믿고 있습니다. 그러한 충고를 하는 것이 선량한 분으로서 오히려 적극적인 의무라는 생각입니다. 플라톤이 "행복한 국가는 철학자가 왕이 되거나, 또는 왕이 철학을 공부하게 될 때에 비로소 실현된다."*고 말한 것을 아실 줄 믿습니다. 그런데 철학자들이 왕에게 한마디의 충고를 하는 것조차 꺼린다면 저 행복한 국가는 얼마나 요원한 것이겠습니까!

라파엘 - 아, 철학자는 그리 나쁘지 않습니다. 그들은 통치자가 그들의 말을 들으려고 한다면 기꺼이 충고를 할 것

---

* 플라톤의 『공화국』 5권.

입니다. 실제로 그들은 이미 세상에 알려진 저서를 통해 그렇게 하고 있습니다. 플라톤이 한 말도 바로 이러한 것을 뜻하는 것이 아닐까요? 그는 왕들은 어릴 때부터 나쁜 사상에 젖어 있기에 그들 스스로 철학자가 되지 않는 한, 철학자의 충고를 받아들이지 못한다는 것을(그는 디오니시우스*와의 경험을 통해 배웠지요) 깨달았던 것입니다. 내가 왕에게 현명한 법률을 제정하도록 말하거나 그의 마음으로부터 사악한 자들의 치명적인 병균을 내쫓도록 노력하라고 간언한다면 과연 어떤 일이 일어날까? 나는 곧 추방되거나 바보 취급을 받을 것이 틀림없습니다.

말하자면 내가 프랑스에서 내각의 극비회의에 참석하고 있다고 가정해본다고 합시다.** 왕 자신이 임석하고 테이블 둘레에는 그의 노련한 고문관들이 앉아서 진지하게 다음과 같은 문제들을 해결하는 방도와 수단을 토의하고 있습니다.

---

* 디오니시우스(기원전 430~367)는 시칠리아 섬 시라쿠사를 다스린 폭군. 문학과 예술을 부흥시키기 위해 예술의 대가들을 궁정으로 초대하여 환대했는데, 플라톤도 이 중에 끼었다. 그런데 왕은 플라톤의 이론에 공감하지 못하고, 시라쿠사 방문 말기에 그를 노예로 팔아 버리라고 명하였다.

** 라파엘이 지금부터 말하려는 것은 모어가 이 글을 쓰기 시작한 1516년 당시의 유럽의 상황이다. 1498년부터 1515년까지 프랑스의 왕으로 있던 루이 12세는 재위 중 이탈리아의 밀라노와 나폴리의 반을 점령한 뒤 사망했는데, 당시 프란시스 1세가 왕위에 있었다. 이 무렵에 밀라노는 원래의 왕에게 빼앗기고, 나폴리는 스페인의 페르난도 왕에게 탈취당하고 있었으므로 프란시스 1세는 이 두 영토를 회복하기를 바라고 있었다.

유토피아 67

어떻게 하면 왕이 계속 밀라노를 장악하고 또 나폴리를 다시 탈취할 것인가?* 어떻게 하면 왕이 베니스를 정복하여 이탈리아를 완전히 병합할 것인가? 또한 왕은 어떻게 하면 – 왕이 이미 꿈속에서 정복한 바 있는 다른 모든 나라들은 말할 것도 없고 – 플랑드르, 브라반트, 그리고 최종적으로는 전 바르간디를 지배할 것인가?

어떤 고문관은 베니스인과 조약을 맺고 왕이 이익 된다고 생각하는 기간만 효력을 갖도록 할 것을 제안합니다. 왕은 베니스인에게 비밀을 털어놓고 전리품의 일부를 양도합니다. 왕은 후에 그가 원하는 것을 얻었을 때 언제든지 이 전리품의 반환을 요구할 수 있습니다. 다른 사람은 독일 용병의 고용을 건의하고, 또 어떤 고문관은 스위스인을 매수하는 데 찬성합니다. 또 다른 고문관은 황금을 바쳐서 신성 로마 제국과 화해하도록 왕에게 권고합니다. 어떤 고문관은 아라곤 왕과 관계를 개선하고 평화의 선물로 나바르 왕국**을

---

* 루이 12세는 즉위하자 바로 밀라노 '대공'의 칭호를 탈취하였다. 1499년 2월에 그는 베니스와 조약을 맺었고, 그의 군대는 10월 6일에 밀라노로 들어갔다. 1500년 11월, 그는 옛날 스페인 동북부에 있던 왕국인 아라곤과 나폴리 공동 침략조약을 맺고, 1501년 8월 4일에 점령하였다. 1508년 12월, 그는 베니스에 대항하는 법왕 율리우스 2세, 막시밀리안 1세, 아라곤의 페르난도의 동맹체인 캄바리 동맹에 가담하여 1509년 4월 7일 선전포고를 하였다. 1515년에 왕위를 계승한 프란시스 1세는 즉위하자 프랑스가 빼앗긴 밀라노를 되찾기 위해 이탈리아를 침략하고, 그해 9월 13일 마리냐노에서 스위스 용병을 물리쳤다.

양도하는 것이 왕을 위하는 현명한 조처라고 건의합니다. 한편 다른 고문관은 카스틸랴 왕을 결혼 동맹의 약속으로 프랑스 진영에 유인하고* 그의 신하 소수에게는 그들이 지지해 준 대가로 정기적인 은급을 지불할 것을 제안합니다.

그리고 이제 그 중 가장 해결하기 어려운 문제, 곧 영국인에 대해서는 어떤 조치를 취할 것인가를 다루게 됩니다. 자, 분명히 처음으로 취하는 조치는 평화 회의를 개최하여 엄숙한 동맹 조약을 체결하는 것인데, 이 조약은 전적으로 유명무실한 것입니다. 다시 말하면 영국인을 친구라고 부르기는 하지만 그들을 잠재적인 적으로 간주하는 것입니다. 그러므로 스코틀랜드인은 영국인이 작은 움직임이라도 보이는 경우에는 즉각 침략을 개시할 준비를 갖추고 항상 경계 태세를 취하고 있어야 합니다. 따라서 왕위 계승을 주장하다가 추방된 영국 귀족**을 은밀히 격려하는 것이 좋을 듯합니다. 이렇게 하는 것으로 왕은 영국 왕을 특별히 통제할 수 있으

** 나바르 왕국은 1234년부터 프랑스의 지배하에 있었는데, 아라곤 왕이 그 소유권을 주장하였다. 1515년 아라곤과 카스틸랴의 왕인 페르난도는 나바르 왕의 칭호를 자칭하고, 다음해에 드디어 스페인 쪽으로 나바르 영토를 병합하였다.
* 찰즈왕과 루이 12세의 딸과의 결혼을 풍자한 것.
** 퍼킨 워백(1474~1499)을 말하는 듯. 그는 요크 대공이라고 자처하였다. 그는 프랑스의 샤를르 8세의 지지를 받고, 스코틀랜드의 제임즈 4세와 함께 1496년 9월 영국을 침략하였다.

며, 그렇지 않고서는 영국 왕을 신뢰하지 못할 것입니다.

강력한 모든 설득이 동원되고, 이 자리의 모든 훌륭한 신사가 전쟁을 위한 갖가지 계획을 건의하고 있을 때, 라파엘이 일어나서 정반대의 정책을 제안합니다. 나는 왕에게 이탈리아를 잊어버리고 국내에 머물러 있도록 권고합니다. 나는 왕에게 프랑스는 이미 한 사람이 훌륭하게 나스리기 이려울 만큼 크기 때문에, 왕은 더 이상 영토 획득에 신경 쓰지 말아야 한다고 말합니다. 그 예로 나는 유토피아의 남동쪽에 있는 나라인 아코리이*의 역사에서 일어난 한 가지 사건을 얘기합니다. 아코리이 왕은 고대의 혼인 관계를 구실로 다른 왕국에 대한 계승권을 가졌다고 생각했으며, 국민은 왕을 위해 이 왕국을 탈취하려는 전쟁을 시작했습니다. 결국 그들은 전쟁에서 승리했으나, 문제의 왕국을 차지하기 어려웠던 것만큼이나 그것을 유지하기도 어렵다는 것을 알게 되었습니다. 내란과 외부로부터의 침략 위협이 끊이지 않았습니다. 그들은 새로운 국민을 위해서, 또는 그들과 대항해서 언제나 싸우고 있어야만 했습니다. 그들은 동원을 해제할 기회를 전혀 가질 수 없었으며, 결국에 가서는 파멸에 직면하게 되었습니다. 국민의 세금은 모두 나라 밖으로 흘러나가고, 국민

---

* achorii는 'a(부정의 접두어)'와 'chora(국가)'로 된 말로서 '나라가 아니다'라는 뜻.

은 한 사람의 작은 야망을 채워 주기 위해 목숨을 잃어야 했습니다. 국내의 사정도 전시 기간보다 좋지 못했고, 전쟁은 도덕심을 타락시켜 살인과 절도가 만연하였습니다. 왕의 관심이 두 왕국으로 분산되어 있어서, 왕은 어느 한 왕국도 제대로 다스리지 못하였으므로 준법정신은 전혀 없었습니다. 아코리이인들은 그들이 어떤 결단을 내리지 않으면, 이러한 절망적인 사태가 계속될 것이라고 생각했기에 드디어 행동을 취하기로 결정하여, 왕에게 아주 공손하게 어느 왕국을 다스리기를 바라는지 묻게 되었습니다.

그들은 설명했습니다.

"폐하는 두 왕국을 다 유지하실 수가 없습니다. 폐하가 관심을 둘로 나누어서 통치하기에는 국민이 너무 많기 때문입니다. 저희들이 만약 노새 떼라고 하더라도 저희들을 뒤쫓는 데만도 하루해가 다 갈 것입니다."

그래서 전형적인 군주는 할 수 없이 새 왕국을 그의 친구에게 양도하고(그의 친구는 곧 축출 당했습니다) 구왕국으로 만족해야 했습니다.

그리고 나는 프랑스 왕에게 건의된 전쟁을 모두 시작하여 다른 나라에 혼란을 일으킨다면 결국은 자기 자신을 파멸시켜 국민을 절망에 빠뜨릴 수 있다는 것을 상기시킵니다. 그러므로 나는 왕에게 조상이 물려준 왕국에 온 힘을 기울여서 가능한 한 아름답고 잘 사는 나라로 만들고, 국민을 사랑하며 그들로부터 사랑을 받고, 그들과 함께 살며 친절하게 다스리고, 이미 충분한 국토를 차지하고 있으니, 모든 영토 확장 계획을 포기하라고 권고합니다.

그러면 모어 선생, 말씀해 주실까요? 당신은 왕이 나의 권고에 따르리라고 생각하십니까?

모어 – 아닙니다. 그렇지 않다는 것을 인정할 수밖에 없군요

라파엘 – 그렇다면 또 다른 경우를 상상해 봅시다. 어떤 왕의 재정 고문관들이 왕의 금고를 채우기 위한 방안을 논의하고 있다고 합시다. 처음의 고문관은 왕이 지출해야 할 때에는 화폐 가치를 인상하고,* 그가 지불을 받을 때에는 화폐 가치를 터무니없이 인하할 것을 건의합니다. 이렇게 하면 왕의 수입은 증가하고, 왕의 부채를 갚는 비용은 감소되는 효과를 거둘 수 있습니다. 둘째, 고문관은 왕이 전쟁을 준비하는 것처럼 꾸며야 한다고 건의합니다.** 그러면 특별

---

* 에드워드 4세와 헨리 7세는 화폐가치를 평가 절상했다. 에드워드 4세는 외국 금화와 경쟁하기 위한 것이었고, 헨리 7세는 대륙 화폐의 평가 절하로 인해 영국 화폐가 유럽으로 흘러 들어가는 것을 막기 위한 것이었다. 왕실 경비를 충당할 목적으로 영국 국민으로부터 돈을 거둬들이기 위해 영국 주화의 평가 절하를 한 것은 1554년부터의 일이다.

세를 징수할 구실이 생깁니다. 그러고 나서 편리한 때에 왕은 엄숙하게 평화를 선언하고, 한편으로는 서민을 위하는 나머지 유혈을 막기로 마음먹은 훌륭한 지배자로 처신하는 것입니다. 셋째, 고문관은 왕에게 오랫동안 잊혀져 있던 낡은 법률(아무도 이러한 법률이 있다는 것을 모르기에 누구나 위반하고 있는)을 상기시키고, 위반자로부터 벌금을 징수할 것을 주장합니다. 그것은 도덕적 의미에서나 재정적 의미에서나 왕의 신망을 굳게 할 수 있는 기회입니다. 왜냐하면 정의라는 미명 아래서 운영될 수 있기 때문입니다. 또 하나의 고문관은 왕에게 어떤 범죄, 특히 가장 반사회적인 형태의 범죄에 중한 벌금을 과하는 법률을 제정할 것을 권고합니다.

그 다음에 왕은 이 법률에 불편을 느끼는 자에게는 면죄증을 판매합니다. 그러면 일반 서민들 사이에서 왕의 인기는 높아지고 수입이 이중으로 마련됩니다. 첫째, 왕의 함정에 빠진 폭리배들로부터 벌금을 징수하게 되고, 둘째, 특별 면죄에 지불하는 돈을 받게 될 것이기 때문입니다. 물론 이 특별 면죄의 가격은 왕의 도덕심에 따라 변화할 것입니다. 왕의 도덕적 양심이 고귀하면 고귀할수록 왕은 공공 이익에

** 헨리 7세는 1492년에 프랑스와의 전쟁을 위해 특별세를 징수했다. 그해 11월 3일, 에타폴 조약으로 평화가 회복되었는데, 이 조약은 샤를르 8세가 매년 5만 프랑을 영국 왕에게 지불하도록 한 것이다.

반하는 자를 용서하지 않으려고 할 것입니다. 따라서 면죄의 가격은 높아질 것입니다. 다섯째, 고문관은 왕에게 판사들을 장악하여 판사들이 항상 왕에게 유리한 판결을 하도록 할 것을 건의합니다. 또한 왕은 판사들을 궁전으로 초대해서 왕의 법적 위치에 대해 협의합니다. 왕이 아주 명백히 잘못인 경우라 할지라도, 판사 중의 한 사람은 정의를 패배시키는 데 사용될 구실을 찾아낼 것이 분명합니다. 이와 같이 하는 판사의 동기야 어쨌든 간에(반박을 하고 싶은 열정 때문이든, 왕에 대한 명백하고 단순한 아첨을 싫어해서든 간에) 그 결과는 마찬가지입니다.

곧 모든 판사들이 서로 다른 의견을 내세우게 되면서, 아주 명백한 사건이 의심스럽게 되고, 가장 단순한 사실이 복잡하게 됩니다. 이렇게 되면 왕은 법을 자신의 이익에 맞춰 해석할 좋은 기회를 갖게 될 것입니다. 다른 사람들은 모든 공포 때문에, 또는 겸손 때문에 이에 동의할 것이며, 결국 판사석에서는 대담하게 이 해석에 따라 선고를 하게 될 것입니다. 요컨대, 왕에게 유리한 판결을 정당화하는 방식은 매우 많을 것입니다. 형평법에 의거하거나, 법률의 문구에 의거하거나, 그 의미를 왜곡하거나, 또는 마지막으로는 성실한 판사라면 지상의 어떤 법보다도 더 존중하는 원칙인 신성불가침의 대권에 의거해 판결을 해 버리는 것입니다.

크라수스*의 이론, 곧 군대를 유지하려면 아무리 많은 돈도 충분하지 못하다는 이론에 대해 만장일치로 찬성하고 있습니다. 또한 그 나라의 모든 백성을 포함해서 만물이 왕의 소유이므로 왕이 아무리 많은 것을 원한다고 하더라도 왕은 결코 잘못을 범하는 것이 아니며, 또한 왕이 자비로워서 차압을 하지 않는 경우**를 제외하고는 사유재산이란 존재할 수 없다는 데도 대개 동의하고 있습니다. 백성이 너무 많은 재산이나 자유를 갖지 못해야 왕의 신변이 안전하기 때문에 왕은 언제나 이러한 잠재적인 사유재산을 최소한으로 감소시켜야 합니다. 백성이 풍부한 재산이나 자유를 갖고 있으면 그들은 부정이나 억압을 참으려 들지 않고, 반대로 가난과 결핍은 백성을 어리석고 유순하게 만들고 반역 정신이 일어나지 못하게 합니다.

---

* 크라수스(기원전 53년 사망)는 폼페이 및 줄리어스 시저와 함께 제 1차 삼두 정치의 한 사람. 그는 대담한 재정가로, 불이 나서 타고 있을 때 또는 방화한다고 협박해서 집을 싸게 사들여 막대한 재산을 모았고, 로마의 대부분을 소유하게 되었다. 여기서 그의 '이론'이라 한 것은 플리니우스가 『자연의 역사』에 쓴 다음과 같은 구절에 의거한 듯하다. "M. 크라수스는 연간 수입으로 군단을 유지하지 못하는 자는 부자라고 할 수 없다고 말하기가 일쑤였다."
** 1504년에 모어는 젊은 대의사(代議士)로서 약 9만 파운드를 달라는 헨리 7세의 요구를 좌절시켜 왕의 미움을 샀다. 그 후 왕은 모어에게 복수하였는데, 왕은 모어의 아버지에게 죄를 씌워 런던탑에 가두고 백 파운드의 벌금을 물린 다음 석방하였다.

이때 나는 다시 일어나서, 왕의 특권과 안전은 왕 자신의 재산이 아니라 오히려 백성의 재산에 달려 있기 때문에, 왕이 고문관들의 진언대로 한다는 것은 현명하지 못한 일이며, 가장 부도덕하다고 말합니다.

"폐하는 백성들이 처음 왜 폐하를 왕으로 추대했다고 생각하십니까?"

나는 왕에게 이렇게 질문합니다.

"폐하를 위해서가 아니라 그들 자신을 위해서입니다. 그들은 폐하가 전심전력을 다하여 그들의 생활을 편안하게 만들어주고, 그들을 부정으로부터 보호해 주기를 원했던 것입니다. 그러므로 폐하의 사명은 폐하 자신이 아니라 백성의 안녕을 돌보는 것입니다. 마치 양치는 사람의 사명은 엄밀히 말해서 그 자신이 아니라 양을 먹이는 데 있는 것과 같습니다. 평화는 백성을 가난하게 만들어야만 가장 잘 유지된다는 이론은 사실과 완전히 모순됩니다. 거지들은 사회의 가장 말썽 많은 계층입니다. 현재의 생활 조건에 불만을 품고 있는 자들이야말로 혁명을 일으키기 쉬운 자들이 아니겠습니까? 아무것도 잃을 것이 없는 자들이 개인적 이익을 얻을 희망에서 모든 것을 정복하려는 충동을 가장 강하게 느끼게 되는 것입니다.

만일 왕이 폭력과 착취와 몰수의 방법으로 백성을 거지로 만들지 않고서는 복종시킬 수 없을 정도로 백성에게 증오와 멸시를 받고 있다면, 그 왕은 차라리 물러나는 것이 좋을 것입니다. 이러한 방법으로 왕의 자리에 머물러 있으면 칭호는 유지되겠지만, 왕의 존엄성은 사라집니다. 거지 나라를 다스리면서 존엄성을 요구할 수는 없습니다. 참된 존엄성은 풍요하고 번영하는 자들을 다스리는 데에 존재하는 것입니다. 존경할 만한 인물인 파부리시우스*가 그 자신은 부자가 되기보다는 오히려 부자를 다스리겠다고 말했을 때, 바로 이러한 점을 뜻하는 것입니다. 주위의 모든 사람들이 불평과 절망에 싸여 있을 때 사치스러운 생활을 즐기는 자는 왕이라고 부를 수 없습니다. 그는 오히려 감옥의 간수에 가깝습니다.

가령, 다른 병을 일으키지 않고는 질병을 고치지 못하는 의사가 가장 엉터리 의사이듯이, 생활수준을 낮추지 않고서는 범죄를 억제할 수 없는 왕은 자신이 자유인을 다스리는 방법을 알지 못한다는 것을 스스로 인정해야 합니다. 그는 그 자신의 사악의 하나(그의 자만심이든 또는 게으름이든. 왜냐하면 그것은 왕이 증오를 받거나 경멸을 받게 만들기 쉬운

---

* 파부리시우스(기원전 3세기 초)는 로마의 집정관으로 사치를 경멸한 사람으로 알려져 있다.

결점이기 때문입니다)를 억제하는 일부터 시작해야 할 것입니다. 왕은 남에게 폐를 끼치지 않고 자기 자신의 재산으로 살아야 하고 지출과 수입의 균형을 맞추어야 합니다. 왕은 건전한 통치로 범죄의 예방에 힘써야지 범죄를 발생한 이후에 처벌을 시작해서는 안 됩니다. 왕은 오랫동안 무시되었던 법률의 실시를(특히 백성이 그러한 법률 없이도 잘 지내고 있을 경우) 삼가야 합니다. 그리고 왕은 벌금 징수의 구실로 범죄를 만들어 내서는 안 됩니다. 어떠한 사람에게도 그와 같이 부당한 처사를 가하지 못하도록 해야 할 것입니다."

다음으로 나는 유토피아에서 멀지 않은 나라인 마카렌세스*에서 채택하고 있는 제도에 대해 말합니다. 거기서는 왕은 즉위식 때, 금 또는 이에 상당하는 은으로 천 파운드 이상은 그의 금고에 결코 간직하지 않겠다는 엄숙한 서약을 합니다. 이 제도는 국가의 복지를 그 자신의 복지보다 더 돌보아 온 훌륭한 선왕에 의해 맨 처음 만들어졌을 거라고 봅니다. 그 왕은 국민의 빈곤을 야기할 정도로 왕의 재산이 증대하는 것을 방지할 수 있는 제도를 생각했으며, 또 그 정도의 금액이면 혁명을 진압하고 침략을 격퇴하는 데에는 충분하지만, 왕이 외국 침략을 획책하는 데에는 충분치 못할 것

---

* 마카렌세스(makarenses)는 'maka(행복한)'에서 온 말. 즉 '행복의 나라'라는 뜻.

이라고 생각했기 때문에 일정한 금액을 지정해 놓았던 것입니다. 이것은 그의 주요 목적이기는 했으나 유일한 목적은 아니었습니다. 그는 이러한 제도가 교환이라는 통상의 목적을 위해 돈이 언제나 충분히 유통되는 것을 보증하고, 왕은 법정한도를 초과하는 자본의 보유가 허용되지 않기 때문에 왕이 불합리하게 화폐를 인상할 생각을 갖지 못하게 하리라고 믿었던 것입니다. 이제 당신은 악인이 두려워하고, 선인이 사랑하는 왕의 사례를 알았습니다. 그러나 만일 내가 반대의 견해를 취하기로 굳게 결심한 사람들에게 이러한 말을 하게 되면 과연 그들은 내 말을 들어줄까요?

모어 - 물론 그들은 듣지 않을 것입니다. 그리고 나는 그들을 나무랄 수도 없습니다. 솔직히 말해 나는 왜 그러한 말을 해야 하는지, 또는 당신도 알다시피 그들이 결코 받아들일 수 없는 충고를 왜 하는지, 그 점이 이해되지 않습니다. 그러한 말이 무슨 소용이 있을까요? 그들이 그들의 뿌리 깊은 편견과 반대되는, 미지의 사상을 받아들일 거라고 어떻게 기대할 수 있겠습니까? 그러한 종류의 이야기는 개인적인 대화에서는 매우 재미있겠지만, 주요 정책이 결정되는 내각 회의의 자리에서 그러한 철학적 사색은 어울리지 않는 법입니다.

라파엘 – 그것이 바로 내가 말하려고 했던 점입니다. 궁정에는 철학이 개입될 여지가 없습니다.

모어 – 현실을 고려하지 않는 학문들은 들어갈 여지가 없다는 것은 확실합니다. 그러나 융통성 있는, 말하자면 궁정에 적합하려고 노력하고, 당장의 실행에서 적절한 역할을 하는 실용적인 철학도 있습니다. 당신이 행사해야 할 철학은 이러한 종류의 것입니다. 그렇지 않으면 많은 노예들이 광대 짓을 하는 플라우투스*의 희극을 중단시키고 철학자의 옷을 입고 갑자기 등장하여 세네카와 네로가 논쟁을 하는 『옥타비아』의 한 장면**을 암송하는 식이 될 겁니다. 전혀 다른 상황의 대사를 삽입해서 희극도 비극도 아닌 것을 만드는 것보다는 침묵하는 편이 좋지 않겠습니까? 비록 당신의 노력으로 이전보다 나아졌다고 하더라도 그 결과는 조화를 잃어서 연극 전체가 망가질 수 있기 때문입니다. 당신은 가능한 한 현재의 작품이 성공할 수 있도록 최선을 다해야 하는 것입니다. 좋아하는 다른 연극이 우연히 생각났다는 이유만으로 연극 전체를 못 쓰게 만드는 일이 일어나서는 안 됩니다.

동일한 이론이 정치와 궁정 생활에도 적용됩니다. 당신이

---

* 플라우투스(기원전 251~184)는 고대 로마 희극 작가.
** 『옥타비아』는 세네카의 작품으로 알려진 비극. 본문은, 네로에게 잔인한 폭군이 아니라 선량한 군주가 되라고 설득하는 세네카의 8행시.

나쁜 습관을 완전히 뿌리 뽑지 못하고, 또 원하는 만큼 뿌리 깊은 사악을 효과적으로 다루지 못한다고 하더라도, 그것이 당신이 공공의 생활에 완전히 등을 돌리는 이유가 될 수는 없습니다. 당신은 바람을 막아낼 수 없다는 이유만으로 폭풍우 속에서 배를 버리지 못할 것입니다. 또 한편으로 당신은 새로운 계획을 완전히 인정받으려고 노력할 필요는 없습니다. 이러한 계획에 대해 편견을 갖고 있는 사람들에게 분명히 그것은 중요한 것이 아닙니다. 당신은 간접적인 활동을 해야 합니다. 가능한 한 모든 일을 슬기롭게 다루어야 하며, 바로잡을 수 없는 일에 대해서는 가능한 한 그 사악한 부분이 줄어지도록 노력해야 합니다. 인간이 완전해질 때까지는 세상은 결코 완전해지지 않을 것입니다. 그리고 나는 인간이 빠른 시간 내에 완전해질 수 있으리라고 기대하지 않습니다.

라파엘 – 그러한 수단을 통해 거두는 이익이란 미친 이들의 병을 고치러 다니다가 마찬가지로 미쳐 버리는 것이겠지요. 그러나 내가 사실을 말해야 한다면, 나는 당신이 반대할 일을 말하지 않을 수 없을 것입니다. 나는 철학자가 거짓말을 하는 것이 옳은 지 그른지는 모르지만, 확실한 것은 나는 거짓말을 할 수 없다는 사실입니다. 게다가 그들이 내가 말한 것 때문에 당황한다고 하더라도, 내가 말한 것을 정상의 범위에서 벗어난 환상이라고 생각해야 할 지 알 수 없습니다. 나는 플라톤의 상상적인 공화국이나, 오늘날의 유토피아에서 채택되고 있는 제도를 권고하려는 것은 아닙니다. 확실히 그것은 우리들의 제도보다 더 훌륭하기는 하지만, 그 제도는 사유재산 대신에 공동 소유제도에 기반을 두고 있으므로, 그들에게는 매우 놀라운 것입니다.

물론 그들은 나의 제안을 좋다고 간주하지 않을 것입니다. 그들은 어떤 실제적인 행동에만 희망을 걸어 왔기 때문에, 그 앞에 가로놓여 있는 위험을 지적하고 모든 일을 중단하라고 말하면 자연히 반대할 것입니다. 그러나 이러한 일은 덮어두기로 하고, 말할 수도 없고 또 말해서는 안 되는 것으로 되어 있는 것은 말하지 말라는 이유는 무엇입니까? 만일 우리가 우습게 들릴 것이 두려워서 우리의 관습에 어긋난다고 생각되는 것은 무엇이든 말해서는 안 된다고 한다면, 우리는 기독교 국가에 있어서도 실제로 예수가 가르친 모든 것을 입 밖에 내지 말아야 할 것입니다. 그러나 그것은 예수가 전혀 원하지 않았던 것입니다. 예수는 제자들에게 자기가 그들의 귀에 속삭인 모든 것을 지붕 위에서 선포해야 한다고 말하지 않았습니까.* 그런데 예수의 가르침의 대부분은

* 「누가복음」 12장 3절. "그러므로 너희가 어두운 데서 한 말을 밝은 데서 듣게 되며,

내가 건의한 어떤 것보다 지금의 관습과는 더 어긋나는 것입니다. 그 가르침을 교묘한 선교사들이 분명히 당신들의 권고에 따라서 수정하지 않는 한에는 현실과 맞지 않을 것입니다.

아마도 설교자들은 이렇게 이야기할 것입니다.

"우리는 인간의 행동을 기독교 윤리에 일치시켜서는 안 되고, 기독교 윤리를 인간의 행동에 맞추도록 합시다. 그러면 적어도 인간의 행동과 기독교 윤리 사이에는 약간의 부합점이 있을 것입니다."

하지만 나는 그들이 좋은 일을 하는 것을 보지 못했습니다. 그들은 단지 사람들로 하여금 명백한 양심을 갖고 죄를 짓도록 만들었을 뿐입니다. 내가 내각 회의에서 할 수 있는 것도 대부분 이러한 일들뿐입니다. 왜냐하면 나는 동료들에게 반대투표를 하거나 찬성투표를 해야만 하는데, 어느 경우에나 테렌스의 미시오*처럼, 나는 미쳐버리거나 따돌림을 당하게 되기 쉬울 것입니다.

간접적인 활동을 하고 사태를 바로잡을 수 없을 때에는

골방에서 귀에 대고 속삭인 말이 지붕 위에서 선포될 것이다."
* 고대 그리스의 희극 작가인 테렌스(기원전 185~199)의 희곡 「형제들」에 미시오라는 인물이 등장한다.

슬기롭게 조종하여 최대한으로 사태의 악화를 막으라는 것에 대해서도 이해할 수 없습니다. 궁정에서는 당신이 자신의 의견을 숨기거나, 또는 다른 사람들의 범죄를 모른 척하는 것이 불가능합니다. 한심스러운 정책을 공개적으로 찬성하거나 황당한 결정에도 동의해야 하는 경우가 생깁니다. 당신이 사악한 법률에 대해 충분한 열성을 보이지 않는다면 아마도 스파이나 심지어 배반자 취급을 받을 것입니다. 게다가 당신은 그러한 동료들과 함께 일하면서 훌륭한 일을 할 수 있는 어떤 기회를 얻은 적이 있습니까? 당신은 결코 그들을 바르게 고치지 못할 것입니다. 당신이 아무리 훌륭한 성품을 가졌다고 하더라도 그들이 당신을 부패시키는 것이 훨씬 쉬운 일이 될 겁니다. 그들과 관련을 맺음으로써 당신은 순수성을 상실하거나, 또는 그들의 우매함과 사악함을 옹호하기에 급급할 것입니다. 당신이 말씀하신 간접적 수단의 실제적 결과는 이렇게 나타나는 것입니다.

플라톤은 현명한 사람은 왜 정치에 관여하지 말아야 하는가를 설명하는 재미있는 비유*를 들고 있습니다. 어떤 현인이 사람들이 모두 비가 쏟아지는 거리로 뛰어나가 함빡 젖는 것을 봅니다. 그는 젖지 않기 위해 집 안에 머물러 있으

---

* 모어의 비유는 플라톤이 『공화국』 6권에서 한 비유를 대담하게 개작한 것.

라고 그들을 설득할 수가 없습니다. 그는 자신도 밖으로 나가면 마찬가지로 젖게 될 뿐이라는 것을 알고 있습니다. 그러므로 그 자신은 집 안에 머물러 있으면서, 다른 사람의 우매함에 대해 손을 댈 수 없으므로, "내가 옳아!"라는 생각으로 자신을 달랩니다.

그러나 모어 선생, 솔직히 말씀드리면 사유재산이 존속하고, 모든 것이 돈에 따라 평가되는 사회에서는 결코 진정한 정의나 번영을 결코 실현시킬 수 없다고 생각합니다. 당신이 가장 사악한 사람들이 최상의 생활 조건을 누리는 것을 공정하다고 생각하거나, 또는 모든 재산이 극소수의 인물(그렇다고 그들이 진정 행복한 것은 아니나, 한편 그들 이외의 사람들은 모두 단지 비참할 뿐입니다)에 의해 독점되고 있는 나라를 번영하고 있다고 부를 용의가 없다면.

사실 적은 법률로써 만사를 효과적으로 운영하고, 개인적 공적을 만인의 동등한 번영과 결부시켜 인정하는 유토피아의 공정하고 현명한 제도에 비추어 생각할 때, 또 항상 새로운 법률을 제정하면서도 잘 다스려지지 않고, 매일 많은 법률이 통과됨에도 불구하고 아직도 소위 사유재산을 벌거나 지키거나, 또는 안전하게 확인하지 못하는(그렇지 않다면 왜 무한정 소송 사건이 끊임없이 일어나고 있는가?) 수많은 자본주의 국가들과 유토피아를 비교해 보면, 더욱 더 플라톤에게 공명하지 않을 수 없습니다. 그가 평등의 원리를 거부한 도시*를 위한 입법을 거부한 것에도 놀라지 않을 수 없습니다. 플라톤 같은 훌륭한 지성인에게는 건강한 사회의 필수적 조건은 재산의 균등한 분배(이것은 자본주의 밑에서는 불가능하다고 생각합니다)라는 점이 너무나 명백했던 것입니다. 개개인의 능력에 따라 얼마든지 차지할 수 있게 되면, 모든 이용 가능한 재산은, 이러한 재산이 아무리 많다 하더라도, 반드시 소수자의 수중에 들어가게 마련이며, 이것은 그들 이외의 사람들은 가난해진다는 것을 의미합니다. 그리고 부는 악덕한 자에 의해 점유되기 쉬울 것입니다. 부자는 탐욕스럽고 파렴치하며 전혀 쓸데없는 인간들이며, 반대로 가난한 사람은 소박하고 겸손한 사람들이어서 그들은 매일매일 그들 자신에게보다는 사회에 훨씬 많이 이바지할 것이기 때문입니다.

다시 말하면, 나는 사유재산을 전적으로 폐지하지 않는 한, 결코 공평한 재산의 분배나 인간 생활의 만족스러운 조직을 실현시킬 수는 없으리라고 확신합니다. 사유재산이 존

---

* 기원전 370년에 건설된 아르카디아의 메갈로폴리스를 말한다. 플라톤은 이 도시의 헌법 기초를 부탁받았으나, 시민들이 평등을 거부해서 이를 거절하였다. 디오게네스 래티모어가 플라톤의 일생을 쓴 글에서 플라톤이 경험한 일을 인용한 것이다.

속하는 한, 인류 대부분의 사람들은, 이 뛰어난 사람들은 가난과 고난과 고통이라는 짐을 지고 허덕일 수밖에 없을 것입니다. 나는 이러한 짐을 가볍게 할 수 없다고 말하는 것은 아닙니다. 그러나 당신은 결코 그들의 어깨에서 이 짐을 내려놓지 못할 것입니다. 물론 한 개인이 소유할 수 있는 돈이나 토지의 한도를 법으로 규정할 수 있고, 적절한 입법에 의해 왕과 인민의 권리를 제한할 수 있을 것입니다. 공직의 매수는 물론 지원을 불법화하고, 국가 공무원은 그 자신의 재산을 써서는 안 되도록(그렇지 않으면 그 공무원은 사기와 강요에 의해 그의 손실을 메우려고 할 것이며, 또한 지혜가 아니라 재산이 그러한 직책의 필수 자격이 될 것입니다) 규정할 수 있을 것입니다. 이러한 종류의 법률은 분명히 증상을 일시적으로 완화시킬 수 있을지 모릅니다. 그것은 마치 만성병 환자가 끊임없는 투약으로 약간 회복되는 것과 같습니다. 그러나 사유재산이 존속하는 한 완치되지는 않습니다. 당신이 국가의 한 부분에서 발생한 걱정거리를 해결하려고 한다면, 그것은 단지 다른 부분의 증상을 악화시키는 데 그칠 것입니다. 어떠한 사람에게는 약이 되는 것이 다른 사람에게는 독이 되는 것입니다. 피터로부터 강탈을 하지 않고서는 폴에게 지불할 수 없기 때문입니다.

모어 – 나는 동의할 수 없습니다. 나는 당신이 공동 소유의 체제 하에서 상당한 생활수준을 유지할 수 있으리라고 생각지 않습니다. 아무도 착실히 일하려고 하지 않으므로 항상 부족한 상태에 놓여 있을 것입니다. 이윤 추구의 동기가 없으면 누구나 게을러져서 다른 사람이 자신을 위해 일해 주기를 바라게 됩니다. 그래서 물자가 실제로 부족해지게 되면 연속적인 살인과 난동이 불가피하게 일어나는 것입니다. 자신의 노동으로 얻은 것을 지켜줄 법이 없기 때문입니다. 특히 계급 없는 사회에서는 권위에 대한 어떠한 존엄성도 존재하지 않기 때문입니다.

라파엘 – 당신은 그러한 사회가 어떠할 것인가를 상상할 수 없기 때문에 그렇게 생각하시는 것이 당연합니다. 그러나 만일 당신이 나와 함께 유토피아에 가서 나처럼 직접 그 나라를 보았더라면(아시다시피 나는 5년 이상을 그 나라에서 살았으며 내가 떠난 이유는 단 한 가지뿐이니, 그 신세계에 대해 여기 사람들에게 말해 주고 싶었기 때문입니다) 당신 또한 누구보다도 먼저 그와 같이 훌륭한 제도를 가진 나라를 본 적이 없다는 것을 인정하셨을 것입니다.

피터 – 미안합니다만, 나는 신세계가 구세계보다 더 좋은 제도를 가졌다는 것을 믿기가 어렵군요. 나는 우리도 그들과 마찬가지로 지혜롭고, 우리의 문화가 더 전통이 있음을 고려하지 않을 수 없습니다. 그러므로 구세계는 오랜 경험의 결실이며, 따라서 우리는 생활을 더욱 안락하게 하는 모든 수단을 창안해 냈다고 나는 생각합니다.

라파엘 – 그 나라의 역사책들을 읽었더라면 그들의 문화가 얼마나 오래되었는지 더 잘 알 수 있을 것입니다. 이 역사책들을 믿는다면, 구세계에서 인간 생활이 시작되기 이전부터 신세계에는 도시가 있었습니다. 또 당신이 말씀하신 지혜나 우연한 발견에 대해서 말하자면, 우리가 그것을 독점하고 있다고 생각할 이유는 없습니다. 우리가 그들보다 더 지혜롭든, 또는 그렇지 않든 간에, 나는 열성과 근면이라는 점에 있어서 그들이 우리보다 훨씬 앞서 있다고 생각합니다. 그들의 기록에 의하면 그들은 소위 적도피안(그들은 우리를 이렇게 부릅니다)과는 우리가 그곳에 상륙하기 전까지는 접촉한 적이 없었습니다. 단 한 번의 예외가 있었지요. 1,200년 전, 배가 폭풍우 속에 항로를 잃어 유토피아 해안에서 난파했고 소수의 생존자가 해안으로 헤엄쳐 왔습니다. 그 중에는 로마인과 이집트인도 있었는데, 그들은 영구히 그 나라에 정착해 버렸습니다.

다음 이야기를 들으면 그들이 기회를 얼마나 선용하였는

지 알게 될 것입니다. 그들은 생존자들로부터 배우거나, 또는 생존자의 말을 듣고 스스로 연구해내거나 해서 로마 제국에서 사용되는 유용한 기술을 하나도 남김없이 배웠습니다. 그들은 외부 세계와의 단 한 번의 접촉을 통해 모든 것을 배운 것입니다.

그러나 만일 똑같은 사건이 일어나서 한 명의 유토피아인이 우리 땅에 왔다고 하면, 우리는 마치 사람들이 내가 유토피아에 가 본 적이 있다는 것을 곧 망각해 버리듯이, 이런 사실을 완전히 잊어버릴 것입니다.

그들은 우리와 처음 접촉하자, 즉시 유럽에서 탄생한 고도의 문명을 모두 채택했습니다. 그러나 나는 우리가 우리들 것보다 좋은 그들의 제도를 그렇게 빨리 받아들일 것이라고는 생각하지 않습니다. 그들이 우리와 마찬가지의 지혜와 자연 자원을 갖고 오히려 정치적·경제적으로 훨씬 앞서게 된 주요 원인은 바로 이 점에 있다고 볼 수 있습니다.

모어 - 그렇다면 라파엘 선생, 그 문제의 섬에 대해 좀 더 듣고 싶습니다. 너무 간단히 요약하지 말아 주세요 지리적, 사회적, 정치적 및 법적…… 모든 관점에서 그 섬에 대해 상세하게 듣고 싶습니다. 정말로 우리가 알고 싶어 한다고 생각하는, 곧 우리가 알지 못하고 있는 모든 것을 들려주십시오 라파엘 – 그것보다 더 즐거운 일은 없을 것입니다. 모든 일이 기억 속에 아주 생생하니까요. 그러나 다 들려 드리려면 시간이 꽤 오래 걸릴 것입니다.

모어 – 좋습니다. 우선 점심식사를 합시다. 그리고 나서 오후에는 그 이야기만 듣도록 하지요.

라파엘 – 그렇게 하죠.

그래서 우리는 집 안으로 들어가 점심을 먹었습니다. 식사 후 우리는 같은 장소로 돌아와 같은 벤치에 앉아서, 하인에게 아무도 들여보내지 말라고 일러두었습니다. 그리고 피터 자일즈와 나는 라파엘에게 약속한 대로 자세히 말해달라고 부탁했습니다. 우리가 정말로 듣고 싶어 한다는 것을 알고, 그는 잠시 동안 생각에 잠기더니 다음과 같은 이야기를 시작했습니다.

제 2 부

라파엘 – 그 섬은 중앙지대가 가장 넓은데, 그 폭은 약 2백 마일이 됩니다. 섬 전체는 양 끝을 제외하고는 대체로 폭이 비슷하고, 양끝 쪽으로 갈수록 좁아지고 굴곡이 져서 마치 원둘레가 컴퍼스로 5백 마일이 되는 원과 흡사한 도형을 그려 놓은 것과 같습니다. 그러므로 이 섬은 초승달* 모양을 하고 있으며, 그 끝은 약 11마일 넓이의 해협에 의해 갈라져 있습니다. 이 해협을 통해 바닷물이 흘러들어와 거대한

---

* 초승달의 두 끝이 근접해 있지는 않다. 터키 국기의 초승달과 비슷하다고 상상하면 된다. 다른 점은 터키 국기의 초승달은 두 끝이 맞닿아 있는 점이다. 그 안의 별은 항구 입구에 있는 바위로 생각하면 된다. 모어가 상상한 이 섬은 플라톤의 아틀란티스 (플라톤이 상상한 이상 국가)와 비슷한 점이 있다.

호수(육지로 완전히 둘러싸여 있어서 물결이 잔잔하기 때문에, 이 바다는 거대하고 잔잔한 호수로 보이기도 합니다)로 퍼집니다. 따라서 섬 내부 전체가 실제로 항만 구실을 하고, 섬 어디서나 보트로 건너갈 수 있기 때문에 주민들에게는 매우 편리합니다.

항만 입구는 놀라울 만큼 암초와 사주(砂洲)로 가득 차 있습니다. 이 암초들 중의 하나는 갈라진 틈의 거의 한가운데에 치솟아 있기 때문에 항해에는 위험하지 않으며, 그 위에는 탑을 세웠는데 항상 경비대가 배치되어 있습니다. 그러나 다른 암초들은 물속에 잠겨 보이지 않기 때문에 위험천만합니다. 오직 유토피아인들 만이 수로를 알고 있어서 유토피아인 안내 없이 외국 배가 항구로 들어간다는 것은 매우 어려운 일입니다. 만일 해안에 어떤 표시가 없다면, 항만으로 들어가는 것은 백성들에게조차도 위험한 일일 것입니다. 따라서 단지 이 표시를 바꾸기만 해도 그들은 아무리 많은 적의 전함이라도 유인하여 격퇴시킬 수 있을 것입니다. 물론 섬의 바깥쪽에도 많은 항구가 있으나, 이 항구들 역시 자연적 또는 인공적으로 매우 잘 요새화되어 있어서 소수의 인원으로도 거대한 침략군이 항구에 상륙하는 것을 막아낼 수 있습니다.

그러나 그들이 말하다시피, 또 누구나 직접 보면 알 수 있듯이 유토피아는 원래 섬이 아니라 반도였습니다. 그런데 유토포스라는 인물이 이 반도를 정복했으며, 현재의 명칭도 이 유토포스로부터 유래한 것이고(그 전에는 아브락사*라고 불렸습니다) 다수의 무지몽매한 야만인을 지금의 가장 개명된 국민으로 만든 것도 아마 이 사람일 것입니다. 그가 상륙하여 이 나라를 지배하게 되자 그는 즉시 유토피아와 대륙을 연결하는 15마일 넓이의 지협(地峽)을 파내어 바닷물을 끌어들였고, 그 결과 바닷물이 사면을 둘러싸게 되었습니다. 원주민에게 모든 일을 시키면 원한을 사게 될 것을 염려하여, 그는 자신의 군대도 이 공사에 전부 투입하였습니다. 거대한 노동력을 동원하여 그는 믿을 수 없을 만큼 신속하게 공사를 완료하였으므로, 처음에 이 모든 계획을 조롱하던 대륙인들도 깜짝 놀라 두려움을 느끼게 되었습니다.

이 섬에는 같은 언어, 법률, 관습, 제도를 가진 54개**의 훌륭한 도시가 있습니다. 이 도시들은 모두 동일한 계획에 의해 세워졌고 지형이 허락하는 한 똑같이 보이도록 건설되

---

* 아브락사(abraxa)는 'a'라는 부정을 나타내는 접두어와 'brakae(짧은 바지)'의 복합어로 '옷을 입지 않은 사람들'이라는 뜻.
** 54개의 도시는 당시 영국의 54주와 일치한다. 이 책에서 모어가 영국을 풍자하고 있음을 볼 수 있다.

었습니다. 도시 간의 최단 거리는 24마일이고, 최장 거리로도 하루에 걸어갈 수 있는 거리입니다. 모든 도시에서 연로하고 경험이 풍부한 시민 중에서 세 사람을 아마우로툼*의 연례 회의에 파견해서 섬의 일반 문제를 논의하게 합니다. 아마우로툼은 섬 중앙에 위치하여 국내 각처에서 모이기가 쉬우므로 일종의 수도로 간주됩니다. 토지의 분배는 각 도시의 판도가 적어도 사방 20마일이 되게 하였고, 한쪽만은 더 길게(곧 여기가 도시간의 최장 거리에 해당합니다) 하였습니다. 어떤 도시는 그 경계를 넓히는 것을 조금도 바라지 않습니다. 그들은 토지를 재산으로 여기지 않고, 다만 그들이 경작해야 할 땅으로 여기기 때문입니다.

시골에는 도처에 일정한 간격을 두고 집이 있는데, 이 집에는 농기구가 갖추어져 있으며, 도시 주민은 교대로 이 집에 와 살며 농사를 짓습니다. 집은 각기 40명의 어른들을 수용할 수 있고, 두 명의 노예**가 고정 배치되어 있으며, 믿을 만하고 나이 많은 부부가 이러한 30채의 집을 담당하고 있는 필라르쿠스***의 감독을 받으며 관리하고 있습니다. 매년

---

* 아마우로툼(amaurotum)은 'amauros(몽롱한, 그늘진)'이라는 말에서 유래한 말로 '꿈의 도시', '희미한 도시'라는 뜻.
** 유토피아의 노예는 죄인이나 외국으로부터 사들인 사람들.
*** 필라르쿠스(phylarchus)는 'phule(종족, 특히 아테네의 종족 중 한 파를 말함)'와

시골에서 2년을 지낸 20명이 도시로 돌아가고, 다른 20명이 새로 옵니다. 새로 온 사람들은 이미 1년간 농사에 종사해서 농사를 보다 더 잘 알고 있는 사람들에게서 농사를 배웁니다. 열두 달 후에 훈련생들은 교사가 됩니다. 이러한 제도는 식량 부족의 위험을 감소시킵니다. 만일 농사짓는 사람들이 모두 미숙하다면 식량 부족 사태가 일어날 수도 있는 것입니다.

농사일을 하는 기간은 보통 2년이고, 따라서 아무도 더 이상 불편한 생활을 하도록 강요받지는 않으나, 시골 생활을 즐기는 사람들은(이러한 사람이 많습니다) 특별 허가를 받아 기간을 연장할 수 있습니다. 농부는 농토를 경작하고 가축을 사육하고 재목을 베어 내고, 그것을 편리한대로 육로 또는 해상으로 도시에 운송하는 책임을 집니다. 그들은 상당히 많은 닭을 매우 각별한 방법으로 사육하고 있습니다. 암탉이 달걀을 품게 하는 대신에 달걀을 일정한 온도에 두어 한꺼번에 수십 개의 알을 까게 만듭니다. 그 결과, 병아리는 껍질을 벗고 나오면 사육자를 어미인 줄 알고 어디든 따라다닙니다.

'archos(우두머리, 지배자)'의 복합어로 '종족장'의 뜻인데, 여기서는 '지방 관리인' 정도의 직위.

그들은 말을 조금만 기르며, 승마 연습에만 말을 사용하기 때문에 집에서는 실제로 한 마리도 기르지 않습니다. 소를 이용해서 밭을 갈고 짐마차를 끄는 것입니다. 물론 소는 말처럼 빨리 달리지는 못하지만 유토피아인들은 소는 튼튼하고 병에 잘 걸리지 않는다고 생각하고 있습니다. 또한 소는 잔손이 덜 가서 기르기가 쉽고 사육비용이 덜 들며 일을 못하게 되었을 때에도, 고기로 먹을 수 있습니다.

밀은 빵을 만드는 데만 사용됩니다. 그들은 맥주를 마시지 않고 포도주, 사과술, 배로 만든 술 또는 물(때로는 맹물을 마시나 흔히 많이 산출되는 꿀이나 감초를 타기도 합니다)을 마시기 때문입니다. 각 도시의 시청은 전체 도시의 연간 식량 소비량을 아주 정확하게 산정하지만, 언제나 필요한 양을 초과하여 밀을 거두고 가축을 기르기 때문에 이웃 나라 사람들에게 나누어줄 만큼의 여유가 있습니다.

시골에서 구할 수 없는 필수품은 도시에서 구해 옵니다. 매달 한 번씩 휴일이 있고, 이때는 대부분 도시로 나가기 때문입니다. 공무원에게 원하는 것을 요청하면, 그는 아무런 대가도 받지 않고 이를 허락합니다.

수확기 직전에 필라르쿠스는 시청에 그들에게 필요한 임시 노동력이 어느 정도인가를 알립니다. 그러면 지정된 날에 정확히 요구한 만큼의 작업 인원이 오며, 날씨만 좋으면 24시간 이내에 일을 마칩니다.

나는 도시에 대해 좀 더 말씀드릴 것이 있습니다. 도시들 중의 하나만 보면 전부를 본 것이나 다름없습니다. 각 도시는 지역 사정에 따라 약간의 차이는 있으나 거의 같기 때문입니다. 그러므로 나는 한 도시를 예로 들겠습니다. 어느 도시로 할 것인가는 문제가 되지 않습니다. 그러나 아마우로툼을 선택하는 것이 좋겠군요. 의회가 이 도시에서 열린다는 사실은 이 도시에 어떤 특별한 중요성을 부여하며, 나는 여기에 5년 동안 살았으므로 이 도시를 잘 알고 있기 때문입니다.

아마우로툼은 완만하게 경사진 언덕 중턱에 있으며, 그 모양은 거의 정방형입니다. 그 폭은 산꼭대기로부터 아니드루스 강*까지 약 2마일이며, 길이는 2마일이 약간 넘고 강기슭을 경계로 삼고 있습니다.**

아니드루스 강의 수원(水源)은 80마일 위쪽의 작은 샘이

---

* 아니드루스(anydrus)는 부정을 나타내는 접두어 'a'와 'hudor(물)'의 복합어로 '물 없는 강'이라는 뜻.
** 아마우로툼 시는 런던을 뜻하고, 아니드루스 강은 템스 강에 해당된다.

지만, 몇 개의 지류가(그 중 둘은 제법 큰 하천입니다) 합류하여 아마우로툼에 이를 때에는 그 폭이 50야드 이상으로 넓어집니다. 60마일 떨어진 바다에 닿을 때까지 그 폭은 점점 더 넓어집니다. 도시 위쪽 수 마일에 이르기까지 강한 조류가 들어오며, 여섯 시간마다 그 방향을 바꿉니다. 만조 때에는 바닷물은 내륙 30마일 지점까지 도달하여 여기를 가득 채우고, 강물을 역류하게 만듭니다. 상류의 강물까지 약간 소금기가 섞이지만, 간조 때에서는 소금맛이 점점 옅어져 아마우로툼에 이를 때는 아주 신선해집니다. 간조 때에는 강물은 바다로 흘러가는데, 해안에 이를 때까지 줄곧 맑고 깨끗합니다.

이 도시는 강 위에 화려한 아치형의 다리를 놓아 연결되었는데, 목재로 만든 다리가 아니라 돌로 된 다리입니다. 배들이 도시 어느 쪽에나 장애를 받지 않고 닿을 수 있도록 육지 쪽 맨 끝에 다리를 놓았습니다.

이 도시에는 또 하나의 강이 있습니다. 그 강은 크지는 않지만 매우 고요하고 아늑합니다. 이 강은 아마우로툼이 건설되어 있는 언덕에서 발원하여 시가지 한가운데를 흘러내리다가 아니드루스 강에 합쳐집니다. 수원은 시가지 가까이에 있어서 시의 성벽으로 둘러싸놓았기 때문에 침략을 받았을 때에도 적군이 수로를 끊거나 밖으로 돌리거나 독약을 탈 수가 없습니다. 수원으로부터 강물은 벽돌로 만든 파이프를 거쳐 도시의 낮은 지역으로 흘러들어갑니다. 이러한 방법을 쓸 수 없는 곳에서는 거대한 저수지를 파 놓고 빗물을 모아 놓습니다. 이 저수지도 훌륭해서 생활에 불편이 없습니다.

도시는 두텁고 높은 성벽으로 둘러싸여 있는데, 성벽 위에 촘촘히 망대나 보루가 있습니다. 성벽의 세 측면에는 해자가 있으며, 물은 없으나 매우 넓고 깊으며 가시덤불 녹채(鹿砦)가 가로막고 있습니다. 나머지 다른 측면은 강이 해자를 대신하고 있습니다. 시가지는 교통 및 바람을 막아줄 수 있도록 세밀히 계획되었습니다. 건물은 가지런히 연이어 마주 서 있기에 매우 웅장한 느낌을 줍니다.

집 전면은 20피트 넓이의 도로로 구분되어 있습니다.* 후면에는 시가지와 똑같은 길이의 정원이 있고, 다른 시가지는 후면으로 완전히 둘러싸여 있습니다. 집에는 각기 시가지로 나가는 앞문과 정원으로 나가는 뒷문이 있습니다. 문은 둘 다 이중으로, 약간 누르면 열리고, 나간 다음에는 저절로 닫히게 되어 있습니다. 집은 누구든지 자유로이 드나들 수 있

---

* 참고로, 당시의 런던의 도로는 10피트 내지 12피트의 넓이였다. 모어는 좁은 런던 거리와는 다른 넓은 도로를 떠올렸을 것이다.

습니다. 그곳에는 사유재산 따위는 없기 때문입니다. 집은 추첨에 의해 배정되며 10년마다 바꿉니다.

포도나무와 풀, 꽃 등이 자라고 있는 정원을 시민들은 아주 좋아합니다. 시민은 정원을 정성껏 가꾸고 있습니다. 실제로 나는 그처럼 아름답고 비옥한 정원을 본 적이 없습니다. 아마우로툼 시민들은 매우 유능한 정원사들입니다. 그들이 원예를 즐기기 때문이기도 하지만 도시 간의 정원 가꾸기 경쟁도 작용하고 있습니다. 즐거움과 이익을 준다는 점에서 정원 가꾸기 만한 것을 찾아보기 어려울 것입니다. 그래서 나는 창설자가 원예에 각별한 관심을 갖고 있었을 거라고 생각하고 있습니다.

창설자란 바로 유토포스인데, 전하는 바에 의하면 그는 처음부터 전 시가지를 설계했다고 합니다. 그러나 그는 도시를 아름답게 가꾸고, 개선하는 일은 후손에게 물려주었습니다. 그는 도시 건설이 당대만으로 완성될 수 없다는 것을 알고 있었기 때문입니다. 정복 이후 1760년에 걸쳐서 언제나 치밀하게 기록해 온 그들의 역사에 의하면, 최초의 집은 손쉽게 구할 수 있는 재목으로 지은 작은 오막살이나 오두막집이었고, 벽은 진흙으로 바르고 지붕은 이엉으로 덮었습니다.

그러나 지금의 집은 모두 당당한 3층 건물입니다. 벽에는 석영이나 단단한 돌을 입혔으며, 그렇지 않으면 벽돌을 입혔고 안에는 초벽을 하였습니다. 비스듬한 지붕은 지평선을 향해 치켜져 있고, 특수하지만 값이 아주 싼 석고기와로 덮여 있는데, 이것은 납보다도 불이나 물에 더 잘 견디며 또한 내화력(耐火力)도 있습니다. 그들은 창에 유리를 끼워 바람을 막거나 (이 도시 사람들은 유리를 많이 사용합니다) 때로는 깨끗한 기름이나 수지(樹脂)를 바른 얇은 리넨으로 짠 발을 치는데, 이렇게 하면 더 투명하면서도 바람을 잘 막을 수 있습니다.

이 도시의 지방 행정 조직에 대해 말하겠습니다. 시민은 30세대가 한 그룹이 되도록 구분되었으며, 각 그룹은 매년 '시포그란투스'라고 불리는 공무원을 선출합니다. 시포그란투스는 고대 유토피아의 명칭으로 현재의 필라쿠루스를 말합니다. 10명의 시포그란투스와 그들이 대표하는 세대에 대해 '트라니보루스' 또는 '프로토필라르쿠스'라고 불리는 공무원이 있습니다.

각 도시에는 200명의 시포그란투스가 있으며, 그들은 시장*을 선출하는 책임을 갖고 있습니다. 그들은 가장 자격이

---

* 원어는 지도자 군주를 의미하는 프린켑스(princeps)이다. 로빈슨 역이나 기타의 번역

있다고 여기는 사람에게 투표할 것을 엄숙히 서약한 후에 비밀 투표로 시장을 선출합니다. 시장은 전 선거민에 의해 지명된 4명의 후보자 중의 한 사람이어야 합니다. 도시는 4구로 나누어져 있고, 각 구에서 입후보를 선출하여 트라니보루스 회의에 그 성명을 통보하기 때문입니다. 시장은 독재를 하려고 한다는 혐의를 받지 않는 한, 죽을 때까지 관직에 머무르게 됩니다.

트라니보루스는 해마다 선출되지만 보통은 바뀌지 않습니다. 기타의 공무원의 임기는 1년입니다.

트라니보루스는 3일마다 또는 필요하면 더 자주, 시장과 회의를 통해 공동 문제를 토의하며 이런 일은 드물지만, 개인 간의 분쟁을 신속히 해결합니다. 그들은 언제나 두 명의 시포그란투스를 회의에 초대하는데 매번 다른 사람들을 초대하며, 공중(公衆)에 영향을 미치는 문제는 3일간 토의한 다음에 최종 결정을 내려야 한다는 규칙이 있습니다.

이러한 문제를 트라니보루스 회의나, 또는 시포그란투스 총회 이외의 장소에서 토의하면 사형을 받습니다. 이렇게 해야 시장이나 트라니보루스가 시민의 희망을 무시하거나 국

에서는 유토피아의 '왕'으로 번역하고 있다. 그러나 프린켑스는 도시의 행정 수반에 지나지 않는다. 유토피아는 왕국이 아니라 공화국이다.

가체제를 변경시키지 못하는 것입니다. 같은 이유로 중요한 문제는 시포그란투스 총회에 회부되며, 시포그란투스는 그가 맡고 있는 세대 전체에 문제를 설명하고 토의한 후에 그들의 의견을 트라니보루스 회의에 보고합니다. 가끔은 의회에 회부되는 문제도 있습니다.

또한 어떠한 안건도 그것이 처음 제출되는 날에 토의되어서는 안 된다는 규칙이 있습니다. 모든 토의는 다음 회의로 연기해 놓고 깊이 고찰하도록 합니다. 그렇지 않으면 어떤 사람들은 순간적으로 떠오르는 생각을 말하기 쉽고, 따라서 사회를 위해 최선의 것을 결정하려고 노력하는 대신 그의 발언을 정당화하는 구실을 찾으려고 애쓰게 될지 모르기 때문입니다.

이러한 종류의 사람은, 불합리하게 들릴지는 모르나 그의 최초의 생각이 잘못일지도 모른다고 인정하는 것을 부끄럽게 여기므로 그의 명예를 위해 공중을 희생시키기도 하는 것입니다.

이제 유토피아의 노동 조건에 대해서 말하겠습니다. 유토피아에서 성별과 관계없이 시민이면 누구든지 하는 일이 있는데, 그것은 농업입니다. 농사는 어린이 교육의 필수 과목입니다. 아동은 농업의 원리를 학교에서 배우며 정기적으로 도시 인근의 들에 나가서 실습을 해야 합니다. 그들은 농사를 짓는 것을 견학할 뿐만 아니라 직접 일을 하게 됩니다.

이미 말한 바와 같이 만인의 직업인 농사 이외에도 각자는 각기 특수한 기술을 배웁니다. 양모(羊毛), 또는 베를 짜는 기술을 배우거나 석공, 철공, 또는 목공이 됩니다. 이상 말한 것은 상당한 노동력이 드는 기술만을 예를 든 것입니다. 이 섬에서는 누구나 같은 종류의 옷(성별과 결혼 여부에 따라 약간의 차이가 있기는 하지만)을 입기 때문에 양복점이나 양장점은 없으며, 옷의 모양은 전혀 변하지 않습니다. 이 옷은 보기에 좋고 팔다리의 운동이 자유로울 뿐 아니라 기후에 상관없이 입을 수 있습니다. 게다가 좋은 점은 이 옷을 모두 가정에서 만든다는 것입니다. 그리고 시민들은 모두 앞서 말한 기술 중의 하나를 배웁니다. 이 점에 있어서 남녀의 구별이 없습니다. 대개 여성은 직조와 같은 쉬운 일에 종사하고, 남자는 힘든 일에 종사하는 점이 다를 뿐입니다.

대부분의 어린이는 성장 과정에서 양친이 하는 일을 배웁니다. 양친이 하는 일에 자연히 익숙해지기 마련입니다. 그러나 만약 어린이가 다른 기술을 좋아한다면, 그 애는 그 기술에 종사하는 다른 가정에 입양될 수 있습니다. 물론 아버지뿐 아니라 지방 행정 당국에서 양아버지가 점잖고 존경할 만한 인물인가에 대해서 꼼꼼히 검토를 합니다. 한 가지 기술을 상당히 익히고 난 다음에는 본인이 원하면 다른 기술을 배울 허가를 얻을 수 있습니다. 그리고 두 가지 기술에 대해 전문가가 되었을 때에는 본인의 기호에 따라 어느 기술에나 종사할 수 있습니다. 다른 기술이 사회를 위해 더욱 필요한 경우를 제외하고는……

시포그란투스가 주로 하는 일은 빈둥거리고 노는 자가 없이 누구나 자신의 직업에 전념하도록 감독하는 것입니다. 그러나 그렇다고 해서 그들이 마치 짐마차를 끄는 말처럼 이른 아침부터 밤늦게까지 시민에게 열심히 일을 시켜서 지치게 하는 것은 아닙니다. 그런 것은 노예와 비슷한 것이기 때문입니다. 그런데 유토피아 이외의 거의 모든 나라에서 노동자 계급은 바로 이러한 생활을 하고 있는 것입니다. 유토피아에서는 하루에 여섯 시간 일을 합니다. 오전에 세 시간 일하고 점심을 먹고 두 시간 휴식을 취한 다음, 오후에 세 시간 일하고 저녁을 먹습니다. 그들은 여덟 시에 잠자리에 들어 여덟 시간 잡니다. 그 나머지 시간은, 게으름이나 방종에 헛되이 허비하지 않고 건전한 여가 활동으로 이용하는 한도에서 각자의 기호에 따라 자유롭게 보낼 수 있는 것입니다.

대부분의 시민들은 교육을 더 받는데 이 여가의 시간을 활용하고 있습니다. 매일 아침 일찍 공개강좌가 열리기 때문입니다. 학술 연구를 위해 선발된 사람들을 제외하고는 청강은 자발적인 것이지만, 계급이나 남녀의 구별 없이 이 강좌를 들으려고 몰려듭니다. 사람들은 각기 자기의 취향에 맞는 강좌를 들을 수 있습니다. 그러나 원한다면, 이 여가를 자신의 본직에 이용하는 것을 막지 않습니다. 지적 활동에 흥미가 없는 사람들이 이렇게 하고 있으며, 오히려 이러한 행동은 사회를 위한 봉사라는 칭찬을 받습니다.

저녁을 먹은 다음 그들은 계절에 따라 정원이나 공동 식당에서 한 시간 정도 오락을 즐깁니다. 어떤 사람은 음악을 감상하고, 어떤 사람은 단지 대화를 즐깁니다. 그들은 주사위 놀음 따위의 퇴폐적인 놀이에 대해서는 들은 적도 없으나, 서양장기 비슷한 두 가지 놀이가 있습니다. 첫째, 놀이는 수(數)로 수를 빼앗는 산술 경기입니다. 둘째, 놀이는 선과 악의 정정당당한 싸움으로, 상호 간에는 갈등이 있지만 선에 대항하게 되면 단결한다는 것을 가장 선명하게 보여줍니다. 이 놀이는 어떤 악이 어떤 선에 대립되는가, 악이 직접 공격을 하면 어느 정도의 힘을 발휘할 수 있는가, 악은 어떠한 간접적 책략을 쓰는가, 선은 악을 극복하는 데 있어서 어떠한 도움이 필요한가, 악의 공격을 격퇴하는 최상의 방법은 무엇인가, 그리고 선 또는 악의 승리를 궁극적으로 결정하는 것은 무엇인가 하는 점을 보여주는 놀이입니다.

  그런데 특별한 주의가 필요한 사항이 있습니다. 주의하지 않으면 오해하기 쉬운 부분입니다. 그들이 하루에 여섯 시간만 일하므로 틀림없이 필수적인 물품이 부족할 것이라고 생각할지 모른다는 것입니다. 사실은 반대입니다. 여섯 시간으로 충분하며, 그들은 오히려 안락한 생활에 필요한 모든 것을 초과 생산하고 있습니다. 그런데 여러분이 다른 나라에서는 얼마나 많은 사람들이 실직을 하고 있는지 고려한다면, 그 이유를 이해할 것입니다. 우선 다른 나라에서는 실제로 여자들 (여자는 처음부터 거의 50퍼센트를 차지하고 있습니다)이 모두 놀고 있습니다. 그리고 여자들이 일을 하는 나라에서는 그 대신 남자들이 게으름을 피우고 있습니다. 그리고 성직자라든지 수도회의 수도자들이 있는데, 이들은 일을 얼마나 합니까? 게다가 부자들, 특히 일반적으로 귀족이나 신사로 알려진 지주들과 그들의 하인들이 있습니다. 끝으로 아주 건강하고 병이 없으면서도 게으름을 피우는 구실로 꾀병을 부리는 거지들을 꼽아야 합니다. 이러한 자들을 모두 헤아려 보게 되면, 소수의 사람들만이 인간에게 필요한 것을 실제로 생산하는 데 종사하고 있음을 알고 놀라움을 금할 수 없습니다.

또한 이 소수의 사람들 중에서 꼭 필요한 기술에 종사하고 있는 사람들은 극소수에 지나지 않는다는 사실을 생각해 보십시오. 금전이 유일한 가치 기준인 곳에서는 사치품이나 오락품을 공급하는 쓸데없는 노동이 수없이 수행되게 마련인 것입니다. 그런데 생활을 안락하게 만드는 데 꼭 필요한 몇 가지 직업에 현재의 노동력을 집중시킨다면, 과잉 생산으로 말미암아 가격이 폭락하여 노동자들은 생활비조차 벌지 못하게 될 것입니다. 그러나 이와 같이 중요하지 않은 직업에 종사하는 자들과 일하지 않고 게으름을 피우는 자들(이들은 각기 남의 노동으로 생산된 것을 생산자보다 2배나 더 소비하고 있습니다)을 모두 가려내서 전부 꼭 필요한 일에 종사시킨다고 한다면, 하루의 노동 시간이 적더라도 생활필수품과 편의품을 충분히 공급할 수 있다는 것을 곧 알 수 있습니다. 여기에 진정하고 자연스러운 오락물품도 첨가할 수 있겠지요.

그러나 유토피아에서는 사실 스스로가 말해 줍니다. 유토피아에서는 도시나 도시 주변의 농촌에서 사는 신체 건강한 남녀 중, 일상의 노동에서 면제되는 사람은 많아야 5백 명을 넘지 않습니다. 여기에는 시포그란투스들도 포함되는데, 이들은 법적으로는 면제되어 있으나 모범을 보이기 위해 자발적인 노동을 하고 있습니다. 또한 다른 의무는 영구히 면제되고 오직 공부에만 전념하는 사람들도 포함되어 있습니다. 그런데 이러한 특권은 성직자의 추천을 얻어 시포그란투스들의 비밀 투표로 승인을 받아야 허용됩니다. 그러나 이러한 학생들도 그 성과가 만족스럽지 못하면 노동 계급으로 환원됩니다. 육체노동자가 자유 시간을 이용해 열심히 공부하여 훌륭한 성과를 보이면 노동을 면제받고 학자 계급으로 승격되는 일도 드물지 않습니다. 외교관, 성직자, 트라니보루스, 그리고 시장도 물론 이 학자 계급으로부터 나옵니다. 그런데 예전에는 시장을 바르자네스라고 불렀으나 요즈음은 아데무스라고 통칭됩니다. 시민들 중 직업이 없거나, 또는 비생산적인 일에 종사하는 사람이 거의 없기 때문에 적은 시간에 좋은 물품을 풍부히 생산해 낼 수 있다는 것을 여러분은 짐작하실 수 있을 것입니다. 또한 그들은 우리들보다는 적은 노력을 들이면서도 필요한 일만을 하고 있기 때문에 노동 시간이 줄어듭니다.

 한 가지 예를 들어 보겠습니다. 보통 집을 짓는 일에 많은 노동력이 동원되는 이유는 선조들이 집을 지어서 물려주면

선견지명이 없는 후손들이 헐어버리기 때문인 것입니다. 따라서 후손들은 물려받은 집을 유지하는 비용보다 더 막대한 비용을 들여서 새 집을 지어야 합니다. 사실 다음과 같은 일은 흔히 일어나는 일입니다. 곧 A가 매우 호사스러운 집을 지었으나 B의 괴팍스러운 취미에는 맞지 않습니다. 그러므로 B는 이 집을 방치해 두어 곧 영락하게 만들고, 마찬가지로 스스로 다른 곳에 호화로운 집을 짓습니다. 그러나 유토피아에서는 모든 것이 국가 관리를 받으므로 새로운 곳에 집을 짓는 일은 드물며, 또한 필요하면 곧 수리를 합니다. 즉 최소의 노동력을 들여서 집의 수명을 최대한으로 연장하는 것입니다. 그래서 건축 기술자들은 때로는 할 일이 없기도 합니다. 이러한 경우에는 이들은 집에서 목재를 자르거나 돌을 다듬고 있습니다. 그러므로 건축이 필요하게 되면 신속히 일을 완성할 수 있게 됩니다.

다음은 의류에 드는 노동력을 얼마나 절약하고 있는가를 고찰해 보기로 합시다. 그들의 작업복은 헐렁한 가죽옷인데 적어도 7년간은 입을 수 있습니다. 외출할 때는 이 작업복 위에 망토를 입습니다. 망토의 색깔은 똑같은데 모직물의 자연색 그대로입니다. 따라서 그들의 모직물 소비량은 세계 최저이며, 그 생산가도 세계 최저입니다. 린네르는 생산하기 쉽기 때문에 이를 많이 입습니다. 그러나 린네르가 희고, 모직이 깨끗하기만 하면 그들은 실이 잘 다듬어졌든 거칠든 상관치 않습니다. 그런데 다른 나라에서는 대여섯 벌의 코트와, 같은 수의 셔츠를 갖고도 만족하지 못하며, 옷맵시를 내려고 하는 사람들은 열 벌로도 만족하지 않기 마련입니다. 그러나 유토피아인은 2년에 한 벌로 만족하고 있습니다. 왜 그들은 더 원하지 않느냐고요? 옷이 많다고 해서 더 따뜻한 것도 아니고, 특별히 더 존대 받지도 않기 때문입니다.

누구나 유용한 일에 종사하고, 또 이러한 일을 최소한으로 줄이면서도 그들은 모든 물자를 충분히 생산하고 저장해 놓기 때문에, 남아도는 노동력을 상태가 안 좋은 도로를 수리하는 데 동원할 수 있습니다. 그리고 이러한 일도 없는 경우에는 당국은 노동 시간 단축을 선언합니다. 당국은 시민에게 불필요한 노동을 강요하지 않습니다. 경제 전체의 주요 목표는 사회의 필요에 입각해서, 각자를 육체노동에서 해방시켜 많은 자유 시간을 갖도록 하는 데 있으며, 이렇게 함으로써 각자는 각자의 정신세계를 계발할 수 있는 것입니다. 그들은 이것이 행복한 생활의 비결이라고 생각하고 있습니다.

이제는 그들의 사회 조직, 곧 사회는 어떻게 조직되었으며, 그들 상호간의 관계는 어떠한가, 물품은 어떻게 분배되는가 등에 대해서 알아보겠습니다. 사회의 최소 단위는 사실상 가정이고 이는 가족과 동의어입니다. 여자는 자라서 결혼을 하면 남편의 가정에서 함께 살지만, 아들과 손자들은 그들의 가장 나이 많은 남자 친척의 감독(이는 그가 노망들지 않았을 경우이고 만약 노망이 들었을 경우에는 그 다음으로 나이 많은 사람이 인계합니다)을 받으며 집에 있습니다.

각 도시는 농촌을 제외하고 6천세대로 이루어져 있습니다. 그리고 인구를 가능한 한 균등하게 유지하기 위하여 어떠한 가정도 어른은 열 명 이상 열여섯 명 이하여야 한다(어린아이의 수는 정확히 확정할 수가 없으므로)는 법률이 있습니다. 어른이 초과하는 경우에는 모자라는 가정으로 이주시켜 이 법을 준수합니다. 도시 전체의 인구가 늘어나면, 초과 인구를 비교적 인구가 적은 도시로 이주시킵니다. 섬 전체 인구가 초과되면 각 도시의 일정한 국민에게 도시를 떠나 대륙의 가장 가까운 곳(원주민에 의해 개발되지 않은 광대한 지역이 남아 있습니다)에 식민지를 세울 것을 명령합니다. 이러한 식민지는 유토피아인들이 지배하지만 원주민들은 그들과 함께 살기를 원하면 함께 살 수 있습니다. 유토피아인들과 원주민이 함께 살게 될 때에는, 원주민과 식민지 개척자는 곧 단일한 생활 방식을 가진 단일 사회를 형성하여 양측에 대단히 이롭게 됩니다. 유토피아 방식을 채용하면 한 민족에게 필요한 것도 생산하지 못하리라고 생각되었던 토지에서 두 민족이 쓰기에 충분할 만큼 생산되기 때문입니다.

원주민이 유토피아인들의 명령에 따르지 않으면 그들은 지역 밖으로 축출됩니다. 만일 그들이 저항하려고 하면 유토피아인들은 전쟁을 선언합니다. 유토피아인들은 원소유자가 스스로 이용하지 않고 단지 무용지물로서의 재산으로 소유하고만 있는 토지로부터 생산품을 얻어내려는 자연권을, 한 나라가 다른 나라에 대해 거부하는 경우에는, 전쟁은 아주 정당한 것이라고 생각하기 때문입니다. 어떤 도시의 인구가 대폭 줄어들어 섬의 다른 도시로부터 주민을 이주시키면 그 도시의 인구마저 법정 한도 이하로 감소될 경우에는(이러한 일은 그들의 역사상 두 번 일어났는데, 두 번 다 전염병이 몹시 창궐했기 때문입니다) 유토피아의 어떤 부분을 약화시키는 것보다는 식민지를 잃는 것이 낫다는 원칙에 따라, 그들은 식민지 주민을 국내로 이주시켜 모자라는 인구를 채웁니다.

그러면 그들의 사회 조직으로 되돌아가기로 합시다. 이미 말한 바와 같이, 각 가정은 가장 나이 많은 남자의 통제를 받고 있습니다. 아내는 남편에게 복종해야 하며 자식은 어버이에게, 그리고 나이 어린 사람은 나이 많은 사람에게 복종해야 합니다. 모든 도시는 동일 규모의 4개의 구(區)로 구분되어 있는데, 각 구에는 그 중심지에 시장이 있습니다. 각 가정의 생산품은 이 시장의 창고에 저장되며, 각 상점의 규모에 따라 분배됩니다. 가정의 가장은 자기 자신이나 가족에게 필요한 것이 있을 때에는 시장 안의 해당 상점으로 가서 그 물품을 청구하기만 하면 됩니다. 그리고 필요한 것이 무엇이든 간에 그는 값을 치르지 않고 가져올 수 있습니다. 그가 아무것이나 가져오지 못할 이유가 없지 않습니까? 모든 물품이 풍족하므로 필요 이상으로 청구해서 가져갈 필요성은 없는 것입니다. 어떤 물건이든지 언제나 풍족하다는 것을 알고 있는데 어느 누가 필요 이상의 물품을 저장해두겠습니까? 결핍의 두려움이 없다면, 짐승도 천성적으로 탐욕을 부리지는 않습니다. 인간의 경우에는 허영심 때문에 탐욕을 부립니다. 남아 돌 만큼 많은 재산을 자랑하는 사람들이 일반 사람들보다 더 허영심이 많지요. 그러나 유토피아에서는 이러한 허영심을 부릴 필요성이 없습니다.

　시장 안에는 식료품 시장이 있어서 고기, 생선, 빵, 과일 및 채소를 다룹니다. 그러나 시외에 강물로 피와 내장을 깨끗이 씻어 내는 특별한 장소가 있습니다. 짐승의 도살과 죽인 짐승의 처리는 노예들이 합니다. 일반 시민은 도살을 하지 못합니다. 유토피아인들은 도살로 인해 인간의 자연스러운 연민의 정이 말살된다고 믿기 때문입니다. 또한 공기의 오염과 질병의 발생을 막기 위해, 오물이나 비위생적인 것들이 시내로 들어오는 것을 차단하고 있습니다.

거리를 걸어가노라면, 일정한 간격을 두고 큰 건물이 서 있는데, 이 건물은 각기 특별한 명칭을 갖고 있습니다. 이 건물은 시포그란투스가 사는 곳이며, 시포크란투스가 맡은 30세대(한쪽으로 15세대, 다른 쪽으로 15세대가 삽니다)가 식사를 하는 곳입니다.

식당 관리인은 매일 일정한 시간에 식료품 시장에 가서 자기 식당에 등록된 인원수를 말하고 필요한 식료품을 가져옵니다.

그러나 입원 환자에게 우선권이 있습니다. 성벽 밖의 교외에 4개의 병원*이 있습니다. 병원은 그 자체로 소규모의 타운을 이루고 있지요. 너무 인원이 많아지는 것을 막고, 전염병 환자를 격리시키기 위해 이와 같이 넓게 지은 것입니다. 이 병원들은 잘 관리되고 모든 종류의 의료시설이 갖추어져 있으며, 간호사는 상냥하며 성실하고 경험 많은 의사가

* 모어의 시대에 병원이라고 부를 만한 시설을 갖춘 곳은 영국 내에 하나밖에 없었다.

언제나 보살펴 주기 때문에, 억지로 입원을 시키지 않더라도 누구든 집에서 앓는 것보다 입원해서 앓는 것을 더 좋아합니다.

병원 관리인이 의사가 지시한 식료품을 갖고 간 후에, 나머지 가장 좋은 식품들은 각 식당에 공평하게, 즉 각 식당에 등록된 인원 비례에 따라 분배됩니다.

그러나 예외가 있는데 특별한 대우를 받는 시장, 대주교, 트리니보루스 및 외교관이 그렇습니다. 외국인도 특별 취급을 받습니다. 외국인이 있는 경우는 드물지만, 외국인이 있을 때에 그들은 특별한 가구를 갖춘 주택에서 살 수 있습니다.

점심과 저녁 식사 시간에는 나팔을 불며, 입원했거나 집에서 앓고 있는 사람만을 제외하고 모든 시포그란티아*가 식당에 모입니다. 식당에 공급하고 난 다음에는 꼭 필요해서 집으로 식료품을 가져간다고 믿기 때문에, 시장의 식료품을 마음대로 집으로 가져가게 합니다. 집에서 식사를 해서는 안 된다는 규칙은 없지만, 집에서 식사를 하는 것을 좋아하는 사람은 하나도 없습니다. 첫째, 예의에 어긋난다고 생각하기 때문입니다. 둘째로는 가까운 식당에 가면 아주 맛있는 음식이 기다리고 있는데, 맛도 없는 음식을 준비하느라고 온갖

---

* 시포그란티아는 시포그란투스의 감독 밑에 놓인 30세대의 사람들을 말한다.

수고를 하는 것에 대해 어리석다고 생각하기 때문입니다.

식당의 힘들고 더러운 일은 모두 노예가 하지만, 음식을 만들어서 차리고 메뉴를 정하는 실제적인 일은 그날의 당번을 맡은 가정주부들(여러 가정이 매일의 식사 준비를 책임지고 있기 때문입니다)이 합니다. 그 수는 약간의 차이가 있기는 하나, 각 가정의 나머지 어른들은 서너 식탁에 둘러앉습니다. 남자들은 벽 쪽으로 앉고, 여자들은 바깥쪽으로 앉습니다. 이것은 임산부들에게 때때로 발생하는 일인데, 만일 여자들이 갑자기 진통을 일으키면 다른 사람에게 방해가 되지 않게 자리를 떠서 육아실로 갈 수 있도록 하기 위해서입니다.

육아실이란 산모와 갓난아기를 위해 마련된 방으로 언제나 불이 있고, 맑은 물이 다량으로 준비되어 있습니다. 또한 어린이용 침대가 많이 있어서 어머니는 갓난아기를 침대에 누일 수도 있고, 어머니가 원하면 아이들의 옷을 벗기고 불 앞에서 놀게 할 수도 있습니다. 어머니가 죽거나 또는 병들지 않는 한, 갓난아기는 어머니가 양육합니다. 어머니가 사망했거나 병든 경우에 시포그란투스의 아내가 즉시 유모를 구합니다. 유모를 구하는 일은 어렵지 않습니다. 유모가 될 자격이 있는 부인은 자진하여 기꺼이 이 일을 맡기 때문입니다. 이러한 봉사 활동은 모든 이로부터 찬양을 받으며, 어린아이도 언제까지나 유모를 친어머니처럼 따릅니다.

육아실은 다섯 살 미만의 아이들이 식사를 하는 곳이기도 합니다. 다섯 살 이상이긴 하나 아직 결혼 연령에 도달하지 못한 소년, 소녀는 식당에서 식사 시중을 들거나, 식사 시중을 들지 못할 만큼 어릴 때에는 식탁 곁에서 조용히 서 있습니다. 이 어린아이들의 식사 시간은 따로 정해져 있지 않습니다. 어른들이 식탁에서 집어 주는 음식을 먹는 것입니다.

상석은 식당 위쪽의 단 위에 있는 한층 높은 식탁인데, 이 자리에서는 식당 내의 사람들을 전부 한눈에 바라볼 수 있습니다. 이 자리에는 시포그란투스 부처와 최고 연장자 두 사람이 앉습니다. 4명씩 짝을 지어 식사를 하는 풍습 때문입니다. 마침 그 거리에 교회가 있는 경우에는 성직자 부처가 우대를 받아서 시포그란투스와 같이 앉게 됩니다. 그들 양쪽에 4명의 젊은이가, 그 다음에는 이들보다 나이 많은 사람들이 앉는데, 식당에서는 모두 이런 식으로 앉습니다. 다시 말하면 동년배들과 앉기는 하지만 나이가 다른 사람들과 섞여 앉는 것입니다. 그들의 말에 의하면 이와 같이 좌석을 배치한 것은 연장자에 대한 존경심 때문에 젊은이들이 철없는 행동을 삼가기 때문이라고 합니다. 젊은이들의 말과 행동은 바로 옆에 앉아 있는 연장자들에게 알려집니다. 그들은 음식을 나누어 줄 때도, 식탁 차례대로 나누어 주지는 않습니다. 특별한 표지를 해 놓은 자리에 앉은 최연장자들에게 우선적으로 제일 많이 주고 난 다음에 나머지를 다른 사람들에게 골고루 나누어 줍니다. 그러나 특별히 맛있는 음식이 골고루 돌아가기에 부족한 경우, 연장자는 옆에 있는 나이 어린 사람에게 적당히 나누어 줍니다. 이렇게 함에 따라 연장자를 충분히 존중하면서도 결과적으로는 누구나 음식을 골고루 먹게 되는 것입니다.

점심과 저녁 식사 전에는 선행과 미덕에 관한 명언을 낭독하는데, 아주 짧기 때문에 지루하지는 않습니다. 그 다음 노인들은 식사를 하면서 진지한 주제로 담화를 나누는데, 활기가 없거나 침울한 분위기는 아닙니다. 또한 식사가 끝날 때까지 담화를 독점하지는 않습니다. 반대로 그들은 젊은이들의 대화를 듣는 것을 즐기며 일부러 기회를 주어서, 포근하고 비공식적인 분위기로 인해 자연스럽게 드러나는 청년들의 성격과 지혜로움을 찾아냅니다.

점심시간이 끝나면 곧 일을 해야 하기 때문에 식사 시간이 짧지만, 저녁을 먹고 나면 밤새도록 수면 시간이기 때문에 저녁 시간은 길어집니다. 그들은 천천히 먹는 것이 소화에 매우 도움이 된다고 생각합니다. 그들은 저녁을 먹으면서 음악을 들으며, 식사가 끝나면 여러 가지 단것과 과일을 먹습니다. 또한 향을 피우거나 식당에 향수를 뿌립니다. 사실 그들은 사람들을 즐겁게 만드는 일은 무엇이든지 합니다. 그들은 해롭지 않은 쾌락은 금지할 필요가 없다고 생각하기 때문입니다.

이것이 도시에서의 공동생활입니다. 농촌에서는 인가가 서로 멀리 떨어져 있기 때문에 각기 집에서 식사를 합니다. 물론 그들은 도시 사람과 똑같은 좋은 음식을 먹습니다. 그들은 도시 주민에게 식료품을 공급하고 있기 때문입니다.

다음으로 여행의 편의에 대해서 말하겠습니다. 다른 도시에 사는 친구를 방문하거나, 다른 도시를 관광하고 싶으면 당장 꼭 해야 할 일이 없는 경우, 소속 시포그란투스와 트라니보루스에게 신청하여 쉽게 여행 허가를 얻을 수 있습니다. 시장이 서명한 단체 여행증명서를 갖고 단체로 여행을 떠나는데, 여행증명서에는 돌아올 날짜가 적혀 있습니다. 여행자에게는 우차(牛車)와, 소를 몰고 돌봐줄 한 명의 노예가 제공됩니다. 그러나 단체에 여자가 없는 경우에는 대부분의 사람들은 우차를 오히려 귀찮게 여겨 우차를 되돌려 보냅니다.

어디를 가거나 집에 있을 때와 마찬가지이며, 또 필요한 것은 모두 얻을 수 있기 때문에 무겁게 짐을 지닐 필요가 없기 때문입니다. 어떤 곳에 하루 이상 체재하게 되면, 자기가 하던 일을 할 수 있습니다. 그곳에 있는 같은 일에 종사하는 사람들이 대환영을 하기 때문입니다.

여행증명서 없이 나갔다가 자기 구역 밖에서 발각되면, 그는 망신을 당하고 고향으로 송환되며 탈주자로서 엄한 처벌을 받습니다. 한 번 더 위반하면 노예가 되는 중벌을 받습니다. 그러나 도시 근처의 농촌을 돌아보고 싶은 경우에는 아버지가 허락하고, 아내가 동의하면 마음대로 나갈 수 있습니다. 물론 농촌에 가서 오전이든 오후든 한나절 일을 하지 않으면 먹을 것을 얻지 못합니다. 그러나 어디서든 일만 한다면 자기가 속한 도시의 구역 내에서는 어디든지 마음대로 갈 수 있으며, 집에 있을 때와 마찬가지로 사회의 구성원으로서 유용한 존재가 될 수 있습니다.

여러분은 그들의 생활이 어떠한지 아시겠지요? 곧 어디에 있든지 항상 일을 해야 하는 것이고, 게으름을 피울 구실은 전혀 없는 것입니다. 술집도, 매음굴도, 타락할 기회도, 비밀회의 장소도 없는 것입니다. 모든 사람이 지켜보고 있기 때문에 실제로 자기의 일을 하지 않을 수가 없고, 여가도 선용하지 않을 수가 없는 것입니다.

이러한 제도 하에서는 무엇이든 풍족하고, 또 전주민에게 모든 것이 균등하게 분배되기 때문에 가난한 자나 걸인은 있을 수 없습니다. 앞서 말했지만 각 도시는 3명의 대표를 아마우로툼에서 열리는 연례적인 세나투스 멘티라누스, 곧 의회에 보냅니다. 의회에서는 그 해의 생산량을 자세히 조사하여, 어떤 지역에는 어떤 생산물이 풍부하고, 어떤 지역에서는 무엇이 부족하다는 것을 밝혀내어 즉시 생산물의 운송을 지시하여 균등한 분배를 합니다. 이러한 양도는 일방적인 조치로서 무상으로 이루어집니다. A시가 B시에 보낸 무상의 선물은 C시로부터 받는 무상의 선물로 보충됩니다. 피차간에 물자를 무상으로 주고받기 때문에 섬 전체가 마치 하나의 대가족과 같은 분위기가 되는 것입니다.

그들에게 필요한 것을 충분히 저장하고 나서(다음해에 어떤 일이 일어나더라도 넉넉히 한 해를 견딜 수 있을 만큼 충분히 저장해 놓아야 그들은 안심합니다) 나머지는 수출합니다. 이러한 수출품은 다량의 곡물, 꿀, 양털, 아마, 목재, 진홍빛 및 자줏빛 옷감, 생가죽, 밀초, 가죽, 가축 등입니다. 수출품의 7분의 1은 수입하는 나라의 가난한 사람들에게 무상으로 주고, 나머지는 비싸지 않게 적절한 가격으로 팝니다.

이러한 외국 무역으로 필요한 물건을 충분히 수입(보통 철뿐이지만)할 뿐 아니라 막대한 현금 수입을 얻게 됩니다. 사실 장기간에 걸쳐 그들은 믿을 수 없을 만큼 많은 금과 은을 모아 두었습니다. 따라서 근래에는 현금 거래든 외상 거래든, 관심을 두지 않습니다. 그러나 외상 거래인 경우 그들은 개인 증서는 받지 않고 수입 지역의 관청이 서명하고 봉인하여 교부한 합법적인 계약서를 요구합니다. 지불 기일이 되면, 이 관청은 관련된 개인들로부터 돈을 거두어, 시의 금고에 넣어 두고 유토피아인들이 청구할 때까지 그 돈을 적당히 이용합니다. 그런데 실제는 유토피아인들은 청구를 하지 않습니다. 그들은 꼭 필요하지도 않으면서 다른 사람들로부터 그들에게 필요한 것을 빼앗는다는 것은 부당하다고 생각하기 때문입니다.

그러나 그 돈의 일부를 다른 나라에 대부해 줄 필요가 생기면, 그들은 청산을 요구합니다. 그리고 전쟁이 일어나면 청구합니다. 심각한 위기에 처하거나 비상사태가 생겼을 때 시민을 보호해야 하기 때문입니다. 이 돈은 주로 외국인 용병을 막대한 보수를 주고 고용하는 데 사용됩니다. 그들은 자기 나라 사람들의 생명을 위기 속에 몰아넣기보다는 용병으로 대신합니다. 또한 그들은 충분한 보수만 준다면 적군을 매수하여 서로 배반하게 만들거나 혼란을 일으킬 수 있다는 것을 잘 알고 있습니다. 이것이 그들이 많은 양의 귀금속을 모아두고 있는 이유입니다.

그들은 귀금속을 보물로 여기지는 않습니다. 사실은 여러분이 내 말을 안 믿을 것 같아서 그들이 보물을 가볍게 여긴다고 말하기가 거북했습니다. 나 자신도 직접 내 눈으로 보지 않았더라면 믿기 어려웠을 겁니다. 일상의 관습과 너무 다른 것을 믿고 싶지 않은 것이 당연한 일이지요. 그러나 나는 그들의 다른 관습도 우리들의 관습과는 전혀 다르다는 점을 고려하면, 그들이 은이나 금을 사용하는 방법에 놀랄 필요는 없다고 생각합니다. 특히 그들이 돈을 사용하지 않으며 다만 앞으로 발생할지도 모를 위기에 대비해서 간직하기만 한다는 점에 대해 유의하고 싶습니다.

따라서 유토피아에서 돈의 원료가 되는 은이나 금에 대해 특별한 가치를 부여하는 사람은 하나도 없습니다. 은이나 금의 진가는 철의 진가에 훨씬 못 미친다는 것은 분명합니다. 인간은 불이나 물이 없으면 살 수 없는 것과 마찬가지로 쇠없이는 살 수 없습니다.

금이나 은의 희소가치에 대한 바보스러운 관념만 없다면, 누구나 금이나 은 없어도 큰 지장 없이 살 수 있습니다. 그래서 자애로운 어머니와 같은 자연은 흙, 공기, 물처럼 가장 귀중한 천혜의 사물은 모두 눈앞에 드러내 놓았으면서도 우리에게 불필요한 것은 보이지 않는 곳에 감추어 두었습니다.

그런데 만일 그들이 이 귀금속을 금고 속에 감추어 두었다면, 일반 사람들은 시장이나 트라니보루스들이 그들을 속이고 이 귀금속을 이용하여 자기들만의 이익을 추구하는 것이 아닐까 하는 어리석은 생각(일반 사람들은 이런 일에 뛰어난 재주를 갖고 있습니다)을 품게 될 지도 모릅니다. 물론 금과 은으로 장식용 접시나 기타 장식품을 만들 수도 있습니다. 그러나 그렇게 되면 사람들이 이러한 장식품을 좋아하게 되어 장식품을 녹여서 병사들에게 지불해야 될 때가 오게 되면, 일이 아주 난처하게 되는 것입니다. 이러한 폐단을 막기 위해 그들은 그들이 다른 습관과는 일치하지만 금을 비장하는 우리의 태도와는 정반대인 제도를 창안해 냈습니다. 그러므로 여러분은 직접 목격하기 전에는 도저히 믿지 못할 것입니다. 이 제도에 의하면 식기나 컵은 유리나 토기와 같은 값싼 재료를 사용해 아름다운 모양으로 만들어 내지만 가정용이나 공동 식당에서 쓰는 요강과 같은 더러운 일상용품을 금이나 은을 재료로 사용해서 만듭니다. 또한 그들은 노예를 묶어 두는 사슬이나 족쇄를 순금으로 만들며,

파렴치한 죄를 범한 죄수에게는 귀와 손가락에는 금귀고리와 금반지를 끼워 주고 목에는 금목걸이를 매어 주며, 머리에는 금관을 씌워 줍니다. 그들의 이러한 방법은 사람들로 하여금 은이나 금을 경멸하게 만드는 좋은 수단이 됩니다. 따라서 그들이 갖고 있는 금이나 은을 모두 내놓아야 할 때가 오더라도, 다른 나라에서는 이를 자신의 목숨을 빼앗기는 것과 같다고 여길 수 있지만 유토피아인들은 그렇게 여기지 않게 되는 것입니다.

보석도 마찬가지여서, 해변에 진주가 있고, 바위에서 다이아몬드와 석류석이 발견되기도 하지만, 그들은 이러한 보석을 찾아 헤매지는 않습니다. 만일 우연히 보석을 발견하게 되면 닦아서 어린이들의 장난감으로 이용합니다. 어린이들은 처음에는 이러한 패물을 자랑하지만, 이러한 패물은 육아실에서만 사용하기에 어린이들이 나이가 들면 부모가 주의를 주지 않더라도 자존심 때문에 패물을 버립니다. 마치 우리네 어린이들이 성장하면 인형, 호두 껍데기, 부적 따위를 내버리는 것과 같습니다. 이와 같은 진기한 관습이 진기한 반응을 불러일으킨다는 것을 아네몰리우스국*의 외교관들

---

* 아네몰리우스(anemolius)는 'anemos(바람)'에서 유래한 말로 '허영에 들뜬 사람'이라는 뜻. 호머가 가끔 자랑을 일삼는 사람들에게 이 말을 사용했다.

이 이 도시를 방문했을 때 생생하게 체험할 수 있었습니다.

내가 그곳에 머물고 있을 무렵 외교사절들이 아마우로툼 시를 방문하였습니다. 그들은 매우 중대한 문제를 협의하러 온 것이기에 각 도시에서는 이들과 협상하도록 3명의 대표를 이 회의에 파견하기로 결정했습니다. 이전에 유토피아에 왔던 외국 사절들은 모두 인근 지역에서 왔기에 유토피아인들의 사고방식을 잘 알고 있었고 이곳에서 값진 옷이 환영받지 못하고 비단은 경멸을 받으며, 금이란 것이 수치스러운 것으로 여겨지는 것을 알고 있어서, 방문 시에 가능한 한 소박한 옷차림을 하였습니다. 그러나 아네몰리우스 사람들은 멀리 떨어진 지역에서 살기 때문에 유토피아인과 별로 접촉이 없었고 그들이 아는 것은 고작 유토피아에서는 누구나 동일한 옷을 입으며 그 옷도 조잡한 수준이라는 것이었습니다. 그들은 사교적이라기보다는 오만한 정책을 채택했습니다. 그들은 신이나 입을 듯한 호화찬란한 옷으로 갖춰 입고서, 그런 호화로운 치장으로 유토피아인들을 현혹시키고자 했던 것입니다.

3인으로 구성된 외교 사절단이 도착하였습니다. 수행원은 100명이나 되었는데, 그들 모두 비단으로 만든 요란스런 색깔의 옷을 입고 있었습니다. 귀족 자신들은 그들은 자기 나라에서는 귀족이었기에 금박을 입힌 옷을 입고 금목걸이를 두르고, 귀에는 달랑달랑하는 금귀고리를 달고 손가락에는 금반지를 끼었습니다. 그들의 모자에는 진주와 보석들이 촘촘히 박힌 금사슬을 달았습니다. 그들은 유토피아에서 노예를 벌하거나 죄수를 욕보이기 위해서, 아니면 어린애들의 장난감으로나 쓰는 것들로 잔뜩 몸치장을 했던 것입니다.

결국 그들의 행렬은 두 번 다시 보기 어려운 구경거리가 되었습니다. 세 귀족은 거리에 가득한 유토피아인들의 옷차림과 자신들의 옷차림을 비교하며 매우 의기양양했습니다. 그러나 그들이 현실의 반응은 그들이 기대했던 것과는 정반대의 실망스런 것이었습니다. 유토피아인들의 눈에 번쩍거리는 것은 모두 사치스러운 것이었습니다. 유토피아인들은 사절단의 수행원들에게는 최대의 경의를 표하였으나, 외교관들은 금사슬로 보아 노예에 틀림없다고 여겨 완전히 무시해 버렸던 것입니다.

여기 있는 여러분이 진주나 보석 따위에는 싫증이 난 소년 소녀들이 외교 사절의 모자에 달린 진주나 보석을 대했을 때의 표정을 보았더라면 어땠을까 궁금합니다. 애들은 어머니의 옆구리를 찌르면서 이렇게 속삭였던 것입니다.

"엄마, 저 어른들 좀 봐! 저 나이가 되어서도 보석을 달고 다니네!"

어머니는 엄숙한 표정으로 대답했습니다.

"쉿, 조용히 하렴! 저 사람은 대사님이 데리고 다니는 광대일 거야."

금사슬에 대해서도 많은 비판이 나왔습니다. 어떤 사람은 이렇게 말했습니다.

"저 사슬은 시원치 않은 걸. 너무 약해서 노예가 쉽게 끊어버리겠어. 게다가 너무 헐렁하고 도망갈 생각만 있으면 언제든지 노예가 벗어 버리고 달아나겠는데 그래!"

아네몰리우스국 사람들도 하루 이틀 시간이 지나면서 이곳의 실정을 알게 되었습니다.

그들도 이제 유토피아에서는 금이 흔해빠지고 아주 싼데다가, 그들이 금을 좋아하는 만큼이나 진심으로 금을 경멸한다는 사실을 알았습니다. 또한 그들은 도망을 가려다가 잡힌 한 사람의 노예가 그들 세 사람이 가진 금과 은을 합친 것보다도 더 많은 은과 금을 몸에 감고 다닌다는 사실도 알게 되었습니다. 마침내 그들은 결국 뽐내기는커녕 오히려 부끄러워하였으며, 자랑으로 여기던 장식품을 모두 버렸습니다. 특히 몇 사람의 친구들로부터 이 나라의 관습과 사상에 대해 설명을 들은 후에는 더더욱 그랬습니다.

하늘에 빛나는 온갖 별들이 있는데도 불구하고 별보다 그 빛마저 희미한 작은 돌조각에 매혹되고, 또 질이 좋은 양털로 짠 옷을 입었다고 해서 자신들보다 더 잘났다고 뽐내는 어리석은 사람들을 유토피아인들은 도무지 이해할 수 없었습니다. 아무리 좋은 양털 옷이라 하더라도 그 양털 옷을 처음 입고 있던 것은 양인데, 양털의 좋은 옷을 입었다고 해서 양보다 더 훌륭해질 수는 없는 것입니다.*

또한 유토피아인들은 세계 도처에서 인간이 금과 같은 전혀 쓸모없는 물건을 인간보다 더 가치 있다고 여기며, 인간보다도 더 소중히 여기는 까닭을 이해하지 못합니다. 그 결과로 납덩어리나 나무 토막만한 지력밖에 못 가진 자, 바보인 데다가 행실마저 바르지 못한 자가, 단지 우연히 금화를 많이 소지하게 되었다는 이유만으로, 선량하고 많은 우수한 사람들을 마음대로 부려먹게 되는 것입니다. 그리고 어떤 불운이나 법의 속임수에 의해서(이 두 가지는 사태를 역전시키는 효과적인 방법입니다) 금화가 갑자기 가장 비천한 신분의 하인의 손으로 넘어가면, 현재의 소유주는 마치 화폐 조각처럼 돈에 딸려가서 자신이 부리던 하인의 하인이 되어

---

* 루시안의 풍자를 이용하였다. 루시안은 125년 시리아의 사모사타에서 태어났고, 그리스 문학자 중 해학으로 가장 유명하다.

버리는 것입니다. 그러나 유토피아인들이 가장 혐오하는 것은 부자에게 빚을 지거나, 그의 지배를 받고 있는 것도 아님에도 단지 부자라는 이유만으로 그에게 머리를 숙이는 어리석은 태도입니다.

유토피아인들이 이러한 사상을 갖게 된 원인 중 하나는 어리석은 제도와는 정반대의 사회 환경 속에서 자랐기 때문입니다. 또 하나는 그들의 독서와 교육 탓입니다. 이미 말한 바와 같이 어릴 때부터 특별한 재능과 뛰어난 지혜, 그리고 각별히 학구열을 가졌다고 인정된, 각 도시의 소수의 사람들을 제외하고는, 누구든지 하루 종일 학문에만 몰두할 수는 없습니다. 그러나 모든 어린이들은 평등한 교육을 받으며, 또한 대부분의 남녀는 이미 언급한 바와 같이 평생 동안 여가를 이용하여 교육을 받고 독서를 계속하고 있습니다. 유토피아에서는 모든 것을 자기 나라말로 가르칩니다. 이 나라 말은 풍부한 어휘를 갖고 있습니다. 또한 이 나라의 말은 발음이 명쾌하며 다정다감합니다. 다소 방언이 존재하긴 하나 전국적으로는 표준어를 쓰고 있습니다.

우리가 도착하기까지는 그들은 유명한 유럽 철학자의 이름도 모르고 있었습니다. 그렇지만 음악, 논리학, 수학 및 기하학 분야에서는 우리들의 고대의 권위자가 발견한 것과 동일한 원리를 이미 알고 있었습니다. 대체로 고대 문명에 있어서는 우리들과 거의 같은 성과를 이루고 있었지만 현대 논리학 분야에서는 뒤떨어져 있었습니다. 예를 들면 그들은 한정, 확충 가정 등의 규칙은 전혀 발견하지 못했더군요. 이러한 것은 여기서는 우리 학생들이 어릴 적에 배우는 『소논리학』*에 매우 자세히 설명되어 있지요. 또한 그들은 '2차 개념'**을 모르고 있을 뿐만 아니라 '인간'과 같은, 악명 높은 '보편 개념'***의 존재는 상상조차 못 하더군요. 아시다시피 보편개념으로서의 인간은 일찍이 들어 본 어떤 거인보다도 뚜렷한 모양을 하고 있건만, 우리가 아무리 이 인간을 분

---

* 1276~1283년까지 법황으로 재임했던 페트루스 율리아니, 또는 히스파누스의 『논리학 대전』을 말하며 흔히 '소논리학'이라는 별칭으로 불렸다.
** 중세의 논리학 용어로 1차 개념은 '나무', '새' 등과 같이 사물 자체에 대해 직접 최초로 인식하는 개념이고, 2차 개념은 1차 개념 상호간의 관계를 1차 개념에 적용함으로써 형성되는 것으로 유(類), 종(種), 변화(變化), 내용, 우연성, 차이, 동일성 등이다. 곧 인간의 정신은 어떤 대상을 인식할 때, 첫째로 어떤 존재를 개적(個的) 존재로 보는데, 이것을 1차 개념이라고 한다. 다음에 이 대상의 동류의 다른 대상과 관계시켜 사유하는데, 이때 생기는 것을 2차 개념이라고 한다. 2차 개념은 인간을 개인으로 보지 않고 보편적인 추상물로 본다.
*** 인간이라는 보편 개념을 악명이 높다고 한 것은 중세의 유명한 실념론자와 유명론자 간의 보편 논쟁을 풍자한 것이다. 실념론자들은 실재하는 것은 오직 개념뿐이라고 주장한 데 반해 유명론자는 개념은 다만 필요에 따라 인위적으로 만들어낸 기호에 지나지 않고, 실재하는 것은 오직 개체뿐이라고 하였다. 실념론의 입장에서 보면 개개의 인간은 실재성을 갖지 못하고 단지 추상적인 인간의 본질만이 실재하게 된다. 이러한 보편 개념의 입장에 서면 개체나 부분이 아니라 전체가 더 중요하다. 보편 논쟁은 중세 전반에 걸쳐 중요한 논쟁으로 지속되었다. 이 풍자도 플라톤에 대한 루시안의 풍자를 모방한 것이다.

명히 지적해 주어도 유토피아인 중에는 이해하는 사람이 하나도 없었습니다.*

한편 그들은 별들의 행로와 천체의 운행에 관한 전문가였습니다. 그들은 해·달 및 그들이 사는 반구(半球)에 나타나는 기타의 모든 천체의 정확한 위치와 운행을 측정하는 몇 가지 정밀한 기구를 발명했습니다. 그러나 천문학에 있어서도 유성 간의 화합과 반발, 성점(星占) 등의 모든 협잡 따위는 상상조차 못 합니다.

그들은 오랜 경험을 통해 비나 바람이 다가오든지, 기타의 기후 변동의 징후를 잘 알고 있었습니다. 그러나 그들에게 이러한 현상을 이론적으로 설명하라고 하거나, 바닷물이 짠 이유, 밀물과 썰물의 원인, 또는 우주의 기원과 본질의 일반적 설명을 묻는다면 그들의 답은 각양각색입니다. 이러한 답들 중 어떤 것은 우리 고대 철학자의 견해와 일치하기도 합니다. 그러나 이러한 견해는 언제나 각각 다르기에 유토피아인들이 그들 나름대로 새로운 학설을 세웠으며, 그 학설들이 서로 완전히 일치하지 않는다 하더라도 그리 놀라운

---

* 보편 개념을 거인보다 더 뚜렷한 모양을 갖는다고 한 것은 개념적 규정의 정밀성을 뜻한다. 사물의 본질을 나타내는 개념은 분명히 개개의 사물보다는 그 내용이 분명하고 파악하기 쉽다. 그러나 개체와 본질을 분리할 줄 모르는 사람에게는 보편 개념은 매우 어렵다. 모어는 당시의 논리학이 매우 무용하다는 사실을 풍자하고 있다.

일은 아닙니다.

윤리학 분야에서는 우리와 동일한 문제를 논의하고 있었습니다.* 선을 심리적, 생리적 및 환경적이라는 세 유형으로 구분한 다음, 선이라는 용어를 엄격한 입장에서 세 유형 전부에 적용시킬 수 있는지, 또는 오직 심리적인 것에만 적용시킬 수 있는지를 문제로 삼습니다. 그들은 또한 덕과 쾌락에 대해서도 논합니다. 그러나 그들의 주요한 토론 주제는 인간의 행복의 본질, 곧 행복의 요인은 한 가지인가 또는 여러 요인이 있는가 하는 것입니다. 이 점에서 그들은 대체로 오히려 쾌락주의적 견해에 기울어져 있는 것 같습니다. 그들의 견해에 따르면 인간의 행복은 전적으로 쾌락에 있다고 하기 때문입니다. 매우 놀랍게도 그들은 이러한 방종한 이론을 종교적인 근거를 가지고 옹호합니다. 행복을 논할 때, 그들은 이성적 논리를 보충하기 위해 종교적 원리에 근거를 대는데, 그렇게 하지 않으면 참된 행복을 찾아내기에는 부족하다고 여기는 것입니다.

그들이 믿는 종교적 원리 중 첫째의 원리는 모든 영혼은 영원불멸하며 또한 자비로운 신에 의해 창조되었고, 신은 인

---

* 유토피아의 도덕적 이상이 제시되는데, 유토피아의 도덕설은 에피쿠로스의 쾌락주의와 스토아학파의 금욕주의가 근본을 이룬다. 이러한 유토피아의 도덕 철학은 모어의 도덕 철학과 상통한다.

간의 영혼에 행복을 약속했다는 것입니다. 둘째의 원리는 우리는 현세에서 행한 행실에 따라 내세에서 포상 또는 처벌을 받는다는 것입니다. 이러한 원리는 종교적 원리들이지만, 유토피아인들은 이러한 종교적 원리를 받아들이는 데 있어서 합리적 근거를 마련해 놓았습니다. 이러한 원리를 받아들이지 않는다고 하면, 어느 누구도 마땅히 해야 할 일을 가려서 말하지 않을 것이며, 누구도 선악을 묻지 않고 오직 자기 자신의 쾌락을 누리는 일에만 몰두할 것이 틀림없습니다. 작은 쾌락이 큰 쾌락을 방해하지 못하도록 하고, 그 뒤에 고통이 따르는 쾌락은 피하도록 조심하면 되는 것입니다. 무엇 때문에 덕을 쌓으려고 노력하고 인생의 쾌락을 거부하며, 일부러 고통을 자초할 것인가? 만일 그렇게 함으로써 아무것도 얻지 못한다면……. 만일 아주 불쾌하게, 곧 아주 비참하게 살았는데도 사후에 아무런 보상도 받지 못한다면 무슨 희망을 갖고 그와 같이 살겠습니까?

그렇지만 그들은 모든 쾌락에 행복이 있다고는 믿지 않습니다. 선하고 정직한 쾌락만이 행복이라고 생각합니다. 또한 그들은 전혀 이질적인 학파에 속하지 않는 한, 덕이 행복이라고 하지도 않습니다. 일반적인 견해에 따르면 행복은 최고선이며, 우리는 덕에 의해 자연히 이러한 최고선에 이끌려가는데, 그들의 정의에 의하면 이 최고선은 인간이 자연적 본능에 따라 사는 것입니다.* 그러나 본능은 언제나 이성에 복종해야 합니다.** 그리고 이성은 첫째로 우리를 존재하게 하고, 또 행복의 가능성을 준 전지전능한 신을 사랑하고 경배하며 자연에 따라 말하고 가르치고, 둘째로 평생을 가능한 한 안락하고 즐겁게 살며 또한 다른 모든 사람들도 그처럼 살도록 도와주어야 한다는 것을 가르칩니다.

사실은 가장 엄격한 금욕주의자들이 쾌락을 비난하는 데에도 약간의 모순이 있습니다. 가장 엄격한 금욕주의자는 중노동과 철야 기도와 고된 고행을 요구하면서도 동시에 다른 사람들의 고통과 궁핍을 덜어주기 위해 최선을 다하라고 명령합니다. 그는 인간을 곤경으로부터 구제하는 이러한 행위를 인간성의 발로라고 하여 찬양할 것입니다. 사실 인간에게 있어서 다른 사람을 고통으로부터 구제하고, 그들의 불행에 종지부를 찍어 주며 삶의 기쁨, 곧 쾌락의 능력을 소생시켜 주는 것은 인간적이며 자연스러운 일일 것입니다. 그렇다면 자기 자신을 위해 그러한 일을 하는 것 또한 자연스러운 일

---

* 원문은 '자연에 따라 사는 것'으로 되어 있다. 이것은 스토아학파에서 규정한 덕과 일치한다. 그러나 유토피아인들은 스토아학파와는 달리 쾌락을 강조하고 있으므로 베스푸치가 『신세계』에서 말한 사람들, 곧 '자연에 따라 살며, 따라서 스토아적이라기보다는 에피쿠로스적이라고 할 수 있는' 사람들과 흡사하다.
** 이성을 존중하는 점에서 스토아학파와 일치한다.

이 아니겠습니까?

　삶을 즐기는 것, 곧 쾌락적인 생활이 나쁜 일이라면 다른 사람의 삶의 향락을 도와주어서는 안 될 뿐 아니라, 전 인류를 이러한 저주받은 운명으로부터 구제하도록 노력해야 할 것이며, 그렇지 않고 삶의 향락이 다른 사람들에게는 선이라면, 남이 즐거움을 갖도록 도와주는 것이 당연한 것이고, 적극적으로 남을 위해 그렇게 하는 것이 의무입니다. 마찬가지로 자기 자신에게 자선을 베풀어서 안 될 까닭이 없지 않습니까? 이웃에 대해서와 마찬가지로 자기 자신에 대해서도 의무를 갖고 있는 것이 아닐까요. 자연이 남에게 친절하라고 명하는데, 자기 자신에게는 태도를 바꿔서 잔인하라고 명령하는 것은 모순된 일입니다. 그러므로 유토피아인들은 삶의 향락, 곧 쾌락을 인간의 온갖 노력의 자연적인 목표라고 생각합니다. 또한 자연에 순응하는 것이 곧 덕이라고 생각합니다. 자연은 삶을 즐기는 데 있어서 서로 돕기를 바라고 있습니다. 어떠한 사람도 자연의 사랑을 독점할 수는 없기 때문입니다. 자연은 인류 각자의 행복에 대해 균등하게 배려한다고 그들은 믿습니다. 그러므로 자연은 다른 사람의 이익을 희생시키면서까지 자기 자신의 이익을 추구해서는 안 된다고 분명한 명령을 내립니다.

이러한 원칙에 따라 그들은 개인 생활에 있어서는 약속을 지키고, 쾌락의 전제조건인 물품의 공정한 분배를 규정한 법률이 현명한 통치자에 의해 정당하게 제정되었거나, 또는 어떠한 압력이나 속임수 없이 전 국민의 일치된 동의에 의해 통과된 것이라면, 이 법률을 준수하는 것이 올바르다고 생각합니다. 법이 허락하는 범위 내에서는 자기 자신의 이익을 고려하는 것이 현명한 처사이지만, 한편 사회의 이익을 고려하는 것은 도덕적 의무입니다. 다른 사람으로부터 한 가지 쾌락을 빼앗아 그것을 자신이 향락하는 것은 옳지 못하지만, 자기 자신의 쾌락을 줄여서 그것을 다른 사람의 향락에 보태 주는 것은 박애의 행위이며, 이러한 행위는 잃는 것보다 더 많은 보상을 받게 됩니다. 첫째로 이러한 친절은 보통 똑같은 보답을 받습니다. 둘째로 보답은 받지 못한다고 하더라도 남에게 친절을 베풀어서 그의 애정과 선의를 획득했다는 생각만으로도, 물질적인 만족의 상실을 보상하고도 남을 만큼의 정신적인 만족을 얻게 됩니다. 세 번째로 종교적인 사람이 흔히 갖는 신념이지만, 신이 일시적인 쾌락을 희생한 보상으로 영원하고 완전한 즐거움을 선물로 줄 것입니다. 따라서 끝까지 분석해 보면 가장 유덕한 행위를 할 때에 있어서도, 누구를 막론하고 쾌락을 궁극적인 행복이라고 여긴다고 유토피아인들은 말합니다.

그들은 쾌락은 자연적으로 즐길 수 있는 육체적 또는 정신적 활동 상태라고 정의합니다. 가장 중요한 말은 '자연적'이라는 말입니다. 그들의 주장에 의하면 우리는 남을 해치거나 보다 큰 쾌락을 없애버리거나, 또는 불유쾌한 후유증을 남기지 않는 한 이성과 본능에 의해 향락하도록 이끌린다는 것입니다. 그러나 인간은 마치 자연적으로 결코 향락이 될 수 없는 것을 쾌락이라고 부르는 어리석은 과오를 범해왔습니다. 유토피아인들은 이러한 쾌락은 행복을 주기는커녕 행복을 감소시켜 버린다고 확신합니다. 이러한 쾌락에 젖어 버리면 진정한 쾌락을 누리는 모든 능력을 상실하고 오직 사이비 쾌락에 사로잡힐 뿐입니다. 이러한 사이비 쾌락은 전혀 즐거움이 없습니다. 사실 이러한 쾌락의 대부분은 불쾌한 것입니다. 그런데 이러한 그릇된 쾌락에 빠진 사람들은 이러한 쾌락을 생의 가장 중요한 쾌락으로 여길 뿐 아니라, 살아가는 주요 목표로 생각하기도 합니다.

사이비 쾌락이 탐닉하는 자의 무리들 중에는 앞에서 언급한 바 있듯이 옷을 남보다 잘 입었다고 자신이 더 잘났다고 여기는 사람들도 있습니다. 실제로 그러한 사람은 옷에 대해서뿐만 아니라 자기 자신에 대해서도 잘못을 범하고 있습니다. 실용적 견지에서 보더라도, 곱게 뽑은 양털실로 짠 옷감으로 만든 옷이 거친 실로 짠 옷감으로 만든 옷보다 나을 까닭이 있습니까? 그러나 이러한 옷을 입었다고 잘난 체하는 사람은 고운 실로 짠 옷감으로 만든 옷은 자연적으로 우월하며, 따라서 그러한 옷을 입으면 어쨌든 자기 자신의 가치도 높아진다고 생각하고 있습니다. 그래서 그는 호화로운 옷을 입으면 존경을 받아 마땅하다고 생각하고, 존경을 받지 못하면 몹시 화를 냅니다.

존경에 대해서 말한다면, 어느 누구에게도 이익이 되지 않는, 많은 공허한 행위를 중요하다고 여기는 것도 마찬가지로 바보스러운 일이 아니겠습니까? 모자를 벗고, 또는 무릎을 꿇고 절을 하는 것을 본다고 해서 참된 쾌락을 얻을 수 있습니까? 그렇게 한다고 무릎의 관절염이 낫거나 약간 이상해진 머리가 고쳐지나요? 물론 이와 같은 인공적인 쾌락을 즐기는 많은 사람들은 스스로 귀족 출신임을 뽐내는 자들입니다. 요즘 와서 '귀족'이란 그들이 우연히 수세대 동안 부자로 지낸, 주로 토지를 소유했던 가문에 속하고 있음을 뜻할 뿐입니다. 그런데 토지 따위의 재산을 전혀 상속받지 못했거나, 상속을 받았다고 하더라도 모두 탕진해 버렸을 때에도 그들은 매사에 있어서 상당히 '귀족 행세'를 합니다.

앞에서 말한 바와 같이 보석에 열광하는 사람이 있는데, 그도 사이비 쾌락에 탐닉하는 자입니다. 그는 진기한 보석, 특히 그 당시 자기 나라에서 각별히 값비싼(이러한 보석의 가치는 장소와 시대에 따라 달라집니다) 종류의 보석을 소유하게 되면 매우 우쭐댑니다. 그는 외관만으로는 믿을 수가 없어 금을 모두 벗겨 내고 보석을 빼내서 자세히 살펴본 다음에도 보석상이 진품이라는 보증서를 줘야만 삽니다. 그러나 여러분, 자기 자신의 눈으로 모조품과 진품을 구별하지 못한다면 모조품이라고 해서 쾌락을 주지 못할 까닭이 없지 않습니까? 진품이든 모조품이든 하등 다를 바가 없는 것입니다. 더욱이 보석을 구별 못하는 장님에게는!

그저 바라보면서 즐기는 것 이외에는 아무런 이유도 없이 남아 돌 만큼 막대한 재산을 모으는 사람들은 어떨까요? 그들의 쾌락은 진정한 쾌락일까요? 혹은 단지 환상에 지나지 않을까요? 이와 반대되는 정신병자는 금화를 묻어 두고 사용하지 않으며, 심지어 다시 꺼내 보지도 않을 것입니다. 사실 그는 금화를 잃을까봐 두려워 일부러 그것을 버리는 것입니다. 그 자신이나 타인에게 전혀 도움이 되지 않는 곳에 금화를 묻어 둔다면 버린다고 말할 수밖에 없지 않습니까? 그럼에도 불구하고 그는 금화를 몰래 묻어 두고는 대단한 행복을 느끼지요. 분명히 이제는 걱정할 필요가 없으니까요. 만약 도둑놈이 그 돈을 훔쳐 갔는데도 10년 동안이나 돈이 없어졌다는 사실을 모르고 있다가 죽었다고 상상해 보십시오. 그는 10년 동안 도둑맞은 돈이 그대로 있으려니 하고 살아왔으니, 그동안에 돈이 있었든 없었든 간에 하등 상관이 없지 않습니까?

그들은 도박(듣기는 했으나 그들이 실제로 해본 적은 전혀 없습니다)만이 아니라 사냥도 어리석은 쾌락에 포함시킵니다. 그들은 주사위를 테이블 위에 던지는 것에 무슨 재미가 있느냐고 묻습니다. 게다가 설사 처음에는 약간 재미가 있었다고 하더라도 너무 자주 반복하다 보면 싫증이 날 것이 틀림없다는 것이지요. 개가 요란하게 짖는 소리를 듣는 것이 즐거운 일이겠습니까? 또 개가 산토끼를 쫓은 것을 보는 것이 개가 다른 개를 쫓는 것을 보는 것보다 더 재미있는 까닭은 무엇입니까? 어느 경우에나 기본적인 동작은 경주(경주를 즐긴다면)가 아니겠습니까? 그러나 눈앞에서 짐승이 갈가리 찢겨서 죽는 현장을 보는 것이 재미라고 한다면, 오히려 약하고 순하며 해를 끼치지 않는 작은 짐승인 산토끼가 힘이 더 세고 사나운 짐승에게 먹히는 것을 목격하고 불쌍하게 여기는 것이 적절한 반응이 아닐까요?

그러므로 유토피아인들은 사냥은 자유인의 존엄성을 저하시키는 것이라고 여기고 일체 백정에게 맡깁니다. 백정은 이미 말한 바와 같이 노예입니다. 그들은 사냥은 최악의 도살 행위이며 이에 비하면 기타의 도살은 그래도 어느 정도의 유용성과 명예로움을 갖고 있다고 여깁니다. 보통 백정은 가축을 죽이는 데 신경을 쓰며 꼭 필요할 때에만 도살합니다. 반대로 사냥꾼은 오로지 자기 자신의 오락을 위해서 애처로운 작은 동물을 죽이고 사지를 찢는 것입니다. 짐승 가운데서도 이와 같이 피에 굶주린 경우는 찾아보기 힘들다고 유토피아인들은 말합니다. 짐승도 천성이 잔인하거나, 잔인한 스포츠에 늘 이용되어 성질이 잔인해지지 않는 한 그와 같지는 않기 때문입니다.

일반적으로 쾌락으로 여겨지는 이러한 것들이 수백 종류 있습니다. 그러나 유토피아인들은 누구나 이러한 종류의 쾌락에는 자연적인 쾌락은 전혀 없기 때문에 진정한 쾌락과는 아무런 관계도 없다고 생각합니다. 대부분의 사람들이 실제로 이러한 일을 즐기고 있고, 많은 사람들이 즐기고 있다는 사실은 다소의 쾌락적 내용이 있음을 말해 주는 것이라고 말을 하여도 그들의 확신에는 흔들림이 없습니다. 그들은 이것은 즐거운 일보다는 불쾌한 일을 더 좋아하게 만드는 나쁜 습관에서 생긴 주관적인 반응이라고 말합니다. 그것은 마치 임신한 부인이 때로는 입덧이 나서 물보다는 소기름이나 테레빈기름이 더 달다고 하는 것과 같지요. 그러나 아무리 사람들의 판단이 습관이나 병 때문에 약화된다고 하더라도 쾌락의 본질은 다른 모든 것과 마찬가지로 변하지 않습니다.

그들은 참된 쾌락에는 두 종류, 곧 정신적인 쾌락과 육체적 쾌락이 있다고 말합니다. 정신적 쾌락에는 어떤 일을 이해하거나 또는 진리를 사색하는 데서 얻어지는 즐거움이 포함됩니다. 또한 진실하게 살아온 과거에 대한 회상과 장차 보람된 일을 할 것이라는 확고한 희망도 포함됩니다. 육체적 쾌락은 두 종류로 구분됩니다. 첫째로 신체의 여러 가지 기관이 충족됨으로 인해 생기는 향락이 있습니다. 그것은 우리가 음식을 먹거나 마실 때처럼 신체의 자연적인 열에 의해 타 버릴 물질을 대체할 때 얻는 쾌락입니다. 또는 배설, 성교와 같이 과다한 것을 배출하거나, 또는 가려운 곳을 비비거나 긁을 때 생기는 쾌감입니다. 그러나 신체 기관의 필요를 충족시켜 주거나 이전의 불쾌감을 없애는 것이 아닌 쾌락도 있습니다. 이러한 쾌감은 신비스러울 정도의 무형의 힘에 의하여 우리의 감각에 작용하여 만족감을 가져다줍니다. 음악이 주는 쾌감이 그 한 예입니다.

둘째로 육체적 쾌락은 신체의 안락하고 정상적인 기능, 다시 말하면 어떠한 질병도 걸리지 않은 건강한 상태에서 생기는 것입니다. 정신적 불쾌감이 없는 경우에는, 건강은 외적 쾌락의 도움이 없더라도 그 자체만으로 쾌감을 일으키는 것입니다. 물론 이러한 쾌감은 먹고 마시는 것과 같은, 보다 직접적인 쾌감보다는 덜 화려하고 남의 주목을 끄는 힘도 적지만, 그렇다고 하더라도 흔히 생애 최대의 쾌락이라고 여겨집니다. 사실상 모든 유토피아인들은 이러한 쾌락은 모두 다른 쾌락의 기초이기 때문에 가장 중요한 쾌락이라는 점에 동의할 것입니다. 이러한 쾌락은 그 자체만으로도 생활을 즐겁게 만들어 주며, 이러한 쾌락이 없으면 다른 쾌락을 즐긴다는 것은 불가능합니다. 그러나 건강을 유지하지 못하면서 단지 고통만을 느끼지 않는 상태를 그들은 쾌락이라고 부르지 않고 무감각이라고 말합니다.

어떤 사상가들은 흔히 건강하다는 것은 그 반대, 곧 병과 대조될 때에만 알 수 있는 것이므로 정지 부동 상태의 건강은 쾌락이라고 부르는 것이 적절하지 않다고 주장했습니다. 그들은 이 문제를 전체적으로 철저히 검토했습니다. 그러나 이 이론은 벌써 옛날에 결론 나서 이제는 거의 모든 사람이 건강이 가장 분명한 쾌락이라는 견해에 찬동하고 있습니다.

그 이론은 다음과 같습니다. 곧 질병에는 고통이 따르는데, 고통은 쾌락과는 정반대의 것입니다. 그런데 질병은 건강과는 정반대의 것이므로 건강은 쾌락입니다.

그들은 병 자체가 고통이냐, 또는 병에는 고통이 따르는 것이냐 하는 점을 문제로 삼지 않습니다. 어쨌거나 그 결과는 마찬가지입니다. 따라서 건강 자체가 쾌락이든, 또는 건강은 마치 불이 반드시 열을 내는 것처럼 쾌락을 산출하든 간에 논리적으로는 한결같은 건강 상태는 언제나 쾌락이 된다는 점에서 동일합니다.

게다가 그들은 우리가 음식을 먹을 때 다음과 같은 현상이 일어난다고 말합니다. 곧 약화되었던 건강이 음식물과 결맹하여 배고픔의 공격을 싸워 물리칩니다. 이 전투는 서서히 확대되며, 그 정상적인 힘을 되찾는 과정이 바로 쾌감을 경험하게 만드는 데, 이 쾌감은 매우 신선합니다. 그런데 건강이 실제의 전쟁에서 쾌감을 얻는다고 한다면, 건강이 승리를 즐겨서는 안 될 까닭은 없지 않습니까? 또는 건강이 결국 이전의 원기를 회복했을 때(원기 회복을 위해 건강은 줄곧 싸워 온 것입니다) 건강은 곧 혼수상태에 빠져 성공을 알지 못하거나, 또는 그 이익을 취하지 못한다고 생각해야 됩니까? 건강은 그 반대물인 질병에 의해서만 의식된다는 사상을 그들은 전혀 긍정하지 않습니다. 그가 잠들어 있거나 또는 병들어 있지 않다면, 누구든 기분이 좋다는 것을 명확히 알게 마련입니다. 가장 둔하고 무감각한 사람조차도 건강하다는 것은 즐거움임을 인정할 것입니다. 그런데 즐겁다는 것은 쾌락과 동의어가 아닙니까?

그들은 정신적인 쾌락을 특히 좋아합니다. 그들은 정신 쾌락이 무엇보다 중요하다고 생각하며, 선행과 맑은 양심을 이 쾌락의 주된 것으로 봅니다. 그들이 좋아하는 육체적 쾌락은 건강입니다. 물론 그들은 먹는 기쁨, 마시는 기쁨들이 있다고 생각하지만, 그것은 오로지 건강을 위한 쾌락입니다. 그들은 이러한 기쁨 자체가 쾌락이라고 생각하지는 않고, 질병의 은밀한 침입을 막는 방법으로서 즐겁다고 생각하는 것입니다. 현명한 사람은 약을 먹는 것보다는 건강을 유지하는 것을 더 좋아하며, 다른 사람이 주는 즐거움보다는 오히려 스스로 유쾌하게 느끼는 것을 더 좋아한다고 그들은 말합니다. 같은 원칙에 따라 이러한 쾌락에 집착하는 것보다는 이러한 쾌락이 필요하지 않게 되는 것이 더 좋습니다. 이러한 쾌락이 행복을 준다고 생각한다면 완전한 행복은 굶주림, 목마름, 가려움, 먹기, 마시기, 문지르기, 긁기로 이루어진 생활에 있다는 것을 인정해야 하는 모순이 생기기 때문입니다.* 이러한 쾌락은 분명히 가장 비천하고 또한 전적으로 더러운 것입니다. 이러한 쾌락은 불결한 것이므로 저속한 쾌락임이 분명합니다. 예를 들면 먹는 쾌락에는 반드시 굶주림의 고통이 따르기 마련인데, 쾌락과 고통이 같은 비율은 아닙니다. 고통은 보다 강렬하고 보다 지속적이기 때문입니다. 다시 말해서 고통은 쾌락보다 먼저 시작되며, 쾌락이 사라지는 것과 동시에 사라지는 것입니다.

그러므로 유토피아인들은 불가피한 경우를 제외하고는 이러한 것을 쾌락으로 높이 평가하지 않습니다. 그러나 그들은 이러한 쾌락도 즐기며, 또한 인간이 끊임없이 계속해야 하는 일을 이와 같이 즐거운 것으로 만들어 준 '자연'에 감사하고 있습니다. 만일 드문 병에 걸렸을 때와 마찬가지로 만성병이나 굶주림이 약에 의해서만 치유된다고 한다면, 얼마나 지겨운 생활이 되겠는지 생각해 보십시오!

유토피아인들은 아름다움, 힘, 민첩성 같은 자연의 은총에 큰 가치를 부여합니다. 또한 그들은 보고 듣고 냄새를 맡는 쾌락에 예민합니다. 이것은 인간에게만 주어진 것입니다. 다른 동물들은 세계의 아름다움을 찬양하거나 어떤 종류의 향기를 즐기거나 하모니와 불협화음의 차이를 분별하지 못하

---

* 플라톤의 대화편 「고르기아스」에서 따온 것.

기 때문입니다. 그들은 보고 듣고 냄새를 맡는 일이 삶에 대해 일종의 맛있는 양념 구실을 해준다고 말합니다.

그러나 이러한 경우에 있어서도 유토피아인들은 작은 쾌락이 큰 쾌락을 방해해서는 안 되며, 쾌락이 고통을 야기해서는 안 된다는 규칙을 모두 준수합니다. 그들은 만일 쾌락이 부도덕한 경우에는 반드시 고통이 발생한다고 생각합니다. 그러나 그들은 그들 자신의 아름다움을 무시하거나, 그들의 힘을 혹사하거나, 민첩성을 둔감하게 만들거나, 음식을 먹지 않아서 건강을 해치거나, 기타의 자연의 은총을 손상시키는 일은 상상조차 하지 않습니다. 보다 큰 쾌락을 하느님으로부터 보상 받게 되기를 바라면서 다른 사람이나 사회를 위해 그렇게 하는 경우는 있습니다. 그들은 가공적인 덕을 위해, 또는 결코 일어나지 않을지도 모를 재난에 대비하여 자신을 단련하기 위해 자기 자신을 학대하는 것은 어리석다고 생각하기 때문입니다. 그들은 이러한 행위는 단지 자멸이며, 자연에 대한 배은망덕의 태도라고 말합니다. 이것은 마치 자연으로부터 어떤 것을 빚졌다는 생각을 감당하기 어려워 자연의 모든 은총을 거부하는 것과 같다고 생각합니다.

자, 이것이 그들의 도덕철학이며, 그들은 신의 계시 없이 인간의 정신이 이보다 더 훌륭한 도덕관을 창안해낼 수 없다고 믿고 있습니다. 우리는 이 도덕관이 옳은가, 그른가, 또는 실제로 필수적인가를 검토할 시간은 없습니다. 내가 지금 하고 있는 일은 그들의 생활 방식을 설명하는 것일 뿐, 그것을 변호하는 것은 아니기 때문입니다.

그러나 나는 한 가지 사실만은 확신합니다. 그들의 이론을 어떻게 생각하든 간에, 지상에서 이보다 더 번영한 나라, 이보다 더 훌륭한 사람들을 찾아내지는 못할 것입니다. 육체적으로는 그들은 매우 활기에 차 있고, 정력이 넘쳐 있으며 키에 비해 힘이 셉니다. 그들의 땅은 언제나 비옥하지는 않으며, 기후도 썩 좋은 편은 아니지만, 그들은 균형 잡힌 식생활로 나쁜 기후 조건에 대한 저항력을 기르고, 조심스러운 경작으로 토지의 약점을 극복합니다. 그 결과 그들은 곡물과 가축 생산의 모든 기록을 깨뜨렸고 평균 수명은 가장 높으며, 이환율은 가장 낮습니다. 이와 같이 과학적인 방법에 의해 자연적으로는 오히려 황무지에 가까운 토지를 가졌으면서도, 그들은 기적을 이룩해 놓았습니다. 그렇다고 해서 그들의 재능이 일상적인 농사에만 국한되어 있는 것은 아닙니다. 그들은 숲 전체를 다른 곳으로 옮겨심기도 합니다. 생산량 증가를 위해서가 아니라, 재목의 운반을 편리하게 만들기 위해서 바다나 강이나 도시 가까운 곳으로 숲을 옮겨 놓은 것입니다. 재목을 곡물과 같이 육로를 통해 장거리 수송을 하는 것은 쉽지 않기 때문입니다. 주민들 자신은 우호적이고 총명하며 뛰어난 기지를 갖고 있습니다. 비록 휴식을 좋아하기는 합니다만, 그들은 필요할 때에는 육체적인 중노동을 합니다. 노동을 좋아하는 편은 아니지만 머리를 사용하는 일에 지칠 줄 모릅니다.

내가 유토피아인들에게 그리스 문학과 철학에 대해 말했을 때(나는 라틴어로 된 문학이나 철학에는 그들이 좋아할 것이 거의 없다고 생각했습니다) 그들은 나의 지도 아래 학문을 연구하기를 간절히 원했습니다.

나는 처음에는 훌륭한 결과를 기대하기보다는 마지못해 그들을 가르치기 시작했습니다. 그러나 나는 곧 학생들이 매우 열심히 공부하므로 나의 노력이 헛되지 않다는 것을 깨달았습니다. 그들은 문자나 발음을 쉽게 익히고 핵심적인 의미를 이해하며, 또 그것을 반복하였으므로, 이 과정에 자원하여 정부의 허가를 얻은 사람들이 모두 뛰어난 재능을 가진 성숙한 학자라는 사실을 내가 알고 있지 못했다면, 나는 정말로 믿기 어려웠을 겁니다. 그들은 3년 이내에 그리스어를 완전히 배웠고, 원문에 난해함이 없는 한, 훌륭한 저서를 막힘없이 읽어 내려갈 수준에 이르렀습니다.

나는 그리스어가 그들의 천성에 맞는다고 추측했습니다. 그들이 쉽게 배울 수 있었던 것도 이 때문입니다. 아시다시피 나는 그들이 그리스인 계통임이 틀림없다고 생각합니다. 그들의 언어는 페르시아 언어와 흡사하지만 지명과 관직명에는 그리스의 흔적이 남아 있기 때문입니다.* 나는 그들에게 그리스어로 된 원서를 몇 가지 선물하였습니다. 나는 네 번째 여행을 떠날 때, 아주 장기간 귀국하지 않을 작정을 했으므로 상품을 포장해 갖고 가는 대신에 책이 가득 찬 매우 큰 트렁크를 배에 실었던 것입니다. 나는 그들에게 플라톤의 저서 대부분과 아리스토텔레스의 저서 대다수, 그리고 식물학에 관한 테오프라스토스의 저서를 주었습니다. 그러나 그것들은 항해할 때 아무렇게나 방치해두어 원숭이가 갖고 놀아, 보관 상태가 썩 좋지 못했습니다. 원숭이는 짓궂게도 여기저기서 아무 페이지나 뜯어내 찢어 버렸던 것입니다. 내가 그들에게 준 문법책은 라스카리스**의 문법책뿐이었는데, 테오도루스***의 것은 갖고 가지 않았기 때문입니다. 그들이

---

* 실제로 고유 명사는 어원이 전부 그리스에 있다.
** 콘스탄틴 라스카리스의 『희랍문법』은 '에로테마타(Erotemata : 물음이라는 뜻)'라는 제목으로 1476년, 밀라노에서 출간됨.
*** 테오도루스 가자의 네 권으로 된 『희랍문법』은 1495년에 출간됨.

얻은 사전은 헤시치우스*와 디오스코리테스**의 것뿐이었습니다. 플루타크와 루시안의 책도 주었는데, 그들은 전자를 애독했으며 후자는 쾌활하고 재미있다고 생각했습니다. 시집으로는 아리스토파네스, 호머, 유리피데스, 아 참, 알두스 판***의 소포클레스의 소형 시집을 주었고, 역사책으로는 투키디데스와 헤로도토스의 것을 주었습니다. 여기에 헤로디아누스****가 포함된 것은 더 말할 것도 없지요.

나의 친구 트리시우스 아피나투스는 몇 가지 의학 서적을 갖고 갔는데, 히포크라테스의 짤막한 책 두세 권과 갈렌*****의 『의학교본』이었습니다. 유토피아인들은 이 책을 매우 소중히 여겼습니다. 그들은 의학을 덜 필요로 하는 사람들이었지만 의학을 매우 존중하였습니다. 그들은 의학을 과학의 가장 흥미 있고 중요한 분과의 하나라고 생각했습니다. 그리고 그들이 말하는 바와 같이 자연의 과학적 탐구는 가장 즐거운

---

* 헤시치우스는 5세기경 알렉산드리아의 학자로 그의 『희랍어사전』은 1514년 베니스에서 출판됨.
** 디오스코리테스나 그가 편찬한 사전에 대해서는 알려진 것이 없다.
*** 알두스는 베니스의 유명한 인쇄업자, 1489년에 인쇄소를 개설한 후 많은 양장본을 인쇄·발행하였다.
***** 헤로디아누스(약 165~250)는 아우렐리우스 황제의 서거(180년) 이후 238년까지의 『로마황제사』를 저술함.
****** 갈렌은 150년경 소아시아에서 태어난 명의로 로마에 개업하였고, 후에 아우렐리우스 황제의 주치의가 되어 몇 가지 의학상의 대저술을 남겼다.

과정일 뿐 아니라, 창조자를 즐겁게 해주는 방법이기도 합니다. 왜냐하면 그들은 창조자는 예술가의 정상적인 반응을 보여준다고 생각하기 때문입니다. 우주의 놀라운 구조를 인간에게만 드러내 주면서(다른 짐승은 이를 이해할 수 없기 때문) 창조자는 이 놀라운 구조를 알지 못해서 경이적인 장관에 감탄하지 못하는 하등 동물 같은 자보다는, 이 놀라운 구조를 조심스럽게 검토하고 실제로 창조주의 작품에 감탄하는 사람을 더 좋아할 것이 틀림없습니다.

유토피아인들은 훈련한 지식을 과학적 탐구에 응용하여 일상생활에 유용한 것들을 놀라울 만큼 솜씨 있게 발명해 냅니다. 그러나 두 가지 발명은 우리들에 의해서 가능했습니다. 우리가 알두스가 인쇄한 몇 가지 책을 보여주고, 인쇄와 제지술에 대해 약간 이야기를 해주자마자 곧 그들은 그 과정에 대해 심층적인 연구를 했습니다. 그때까지 그들은 양피나 나무껍질, 혹은 갈대에 글씨를 써 왔습니다. 그러나 이제는 종이를 제조하고 인쇄기로 인쇄할 수 있게 되었습니다. 처음에는 성공하는 것 같지 않았으나, 실험을 반복하는 동안 그들은 두 가지 기술을 철저히 습득하였고, 따라서 원본만 부족하지 않았더라면, 그들은 원하는 대로 모든 그리스 서적을 가질 수 있었을 것입니다. 그렇기는 하지만 그들이 가진 그리스 책들은 앞서 내가 말한 책들뿐이었고, 이 책은 이미 수천 부가 인쇄 발행되었습니다.

그들은 그들에게 가르쳐줄 만한 특별한 재주를 가졌거나, 여행을 많이 해서 여러 외국에 대해 많이 알고 있는 외국인 여행자를 대대적으로 환영합니다. 우리가 그들로부터 환영 받은 이유도 여기에 있습니다. 그들은 세계의 다른 곳에서 일어나고 있는 일들에 대해 듣는 것을 좋아하기 때문입니다. 그러나 상인이 유토피아를 찾아가는 일은 드뭅니다. 유토피아인들은 철만을 수입하기에 상인들이 금이나 은을 가지고 가도 팔지 못합니다. 그들이 수출하는 경우에도, 다른 사람들이 와서 수출품을 갖고 가는 것보다는 그들 자신이 직접 운반해 주기를 좋아합니다. 이것은 외부 세계에 대한 견문을 넓혀 주고, 항해술을 활용할 기회가 되기 때문입니다.

그런데 내가 가끔 언급한 노예는 여러분이 상상하듯이, 비전투원인 전쟁 포로*도 아니고, 세습적인 노예도 아니며,

---

* 고대에는 흔히 패전국 국민들은 비전투원일지라도 노예가 되었다. 그런데 유토피아에서는 전투원인 포로를 노예로 삼았는지는 분명치 않다. 라틴어 원문은 "그들은 전쟁에서 포획한 자들을 노예로 삼지 않는다. 그 포로들이 전쟁을 일으키지 않은 한……"이라고 되어 있는데, 이 말은 전장에서 잡힌 자는 모두 노예로 삼는다는 것인지, 또는 전쟁 도발의 책임이 있는 자, 곧 전쟁 정책의 지지자만을 노예로 삼는다는 뜻인지 분명하지 않다.

외국 노예 시장에서 사들인 자들도 아닙니다. 노예들의 일부는 유토피아의 죄수들이지만 대부분은 외국의 사형수들입니다. 그들은 보통은 값을 치르지 않으나 때로는 약간의 돈을 지불하고 외국의 사형수들을 대량으로 획득합니다.

이 두 가지 유형의 노예들은 사슬에 묶여 중노동을 하며, 유토피아인들은 외국인보다 더 나쁜 대우를 받습니다. 최고급의 교육과 엄격한 도덕적 훈련을 받은 도둑이 되었으니 그것은 가장 비통한 일이며, 따라서 처벌도 가장 엄격해야 마땅하다고 생각하는 것입니다. 또 다른 유형의 노예는 외국의 노동자들인데, 그들은 본국에서 가난에 찌들며 살기보다는 오히려 유토피아의 노예가 되기를 자원한 자들입니다. 이러한 사람들은 일에 익숙하기 때문에, 더 열심히 일해야 한다는 점을 제외하고는, 유토피아 시민들과 거의 같은 친절한 대우와 존중을 받습니다. 흔히 있는 일은 아니지만, 그들이 유토피아를 떠나기를 원할 때에는 자유롭게 떠날 수 있으며 약간의 보수를 받습니다.

유토피아인들은 환자가 생기면 극진히 돌보아주며, 회복에 도움이 된다고 생각되면 약이든 음식이든 무엇이든지 제공합니다. 불치병에 걸린 환자의 경우에는 간호부가 옆에 앉아 여러 가지 이야기를 해주어 기분을 돋우어 주며, 증상을 제거할 수 있는 모든 조치를 다 해줍니다. 그러나 불치병인 데다가 질병이 극심한 고통을 계속 일으키는 경우에는 신부들과 공무원들이 찾아가 다음과 같은 이야기를 합니다.

"솔직히 말씀드리며, 당신은 정상적인 생활을 절대로 하지 못합니다. 당신은 다른 사람에게는 귀찮은 존재에 지나지 않고 당신 자신에게도 짐이 됩니다. 사실, 당신은 실제로는 죽은 사람과 마찬가지의 생활을 하고 있습니다. 그렇다면 당신은 왜 계속 병균을 기르고 있습니까? 당신의 생활이 비참하다는 것을 잘 알면서, 왜 죽기를 주저합니까? 당신은 고문실에 갇혀 있는 것과 같습니다. 당신은 왜 탈출을 해서 더 좋은 세계로 가지 않습니까? 그럴 생각이 있다면 말씀만 하십시오. 그러면 우리는 당신의 해방을 위한 준비를 하겠습니다. 당신의 사망은 상식일 뿐입니다. 또한 신부는 하느님을 대신해서 말씀하시기 때문에, 신부의 충고에 따르는 것은 경건한 행위입니다."

환자는 이러한 권고가 옳다고 생각하면 스스로 굶어 죽거나, 또는 수면제를 먹고 고통 없이 비참한 상태로부터 벗어납니다. 그러나 이것은 어디까지나 자유의사에 따르게 되어 있어서, 만일 환자가 살기를 원하면, 누구나 전과 마찬가지로 친절하게 돌보아줍니다. 공인된 안락사는 명예로운 죽음입니다. 그러나 신부나 트라니보루스가 허락되지 않은 자살을 하면 매장 또는 화장을 할 권리를 박탈당하며, 시체는 아무런 의식 없이 연못에 던져 버립니다.*

여자는 18세가 되어야 결혼할 수 있고, 남자는 4년을 더 기다려야 합니다. 결혼에 관계한 남자나 여자는 엄중한 처벌을 받으며, 시장이 이 선고를 최소하지 않는 한 영원히 결혼할 자격을 상실합니다. 혼전 성교가 발생한 가정의 가장 부부는 그들의 의무를 다하지 못했으므로 공개적으로 망신을 당합니다. 유토피아인들은 이러한 일에는 매우 엄격합니다. 만일 결혼 이외의 성관계를 엄격히 막지 않는다면, 결혼(여기서 결혼은 동일한 사람과 일생을 보내며 결혼 생활에 따르는 온갖 불편을 참는 것을 말합니다)을 원하는 사람은 아무도 없을 것이기 때문입니다.

그들이 결혼하려고 생각할 때 우리들에게는 우습게 보이는 일을 합니다. 물론 그들은 아주 심각하게 여기는 일이지

---

* 유토피아의 교회가 자살을 공인하고 있다는 점은 주목할 만하다. 자살 또는 자살 방조를 엄금하는 기독교 신자인 모어가 안락사를 긍정하는 것은 뜻밖의 일이다. 그러나 고대의 사상가들은 대개 필요불가결한 경우의 자살을 허용하였다. 소크라테스, 플라톤, 스토아 철학자 등은 안락사를 긍정하였다. 모어는 이러한 고대 철학자의 영향을 받은 듯하다.

요. 장래의 신부는, 그 여자가 처녀이든 과부이든 간에, 존경할 만한 기혼 부인의 입회하에 장래의 신랑에게 나체를 보이고, 신랑의 정당한 보호자는 신랑의 나체를 신부에게 보여 줍니다. 우리가 웃는 것을 보고 우리들이 이러한 습관을 어리석은 풍속이라고 여긴다는 것을 알게 되자, 그들은 곧 우리를 흉보기 시작했습니다. 그들은 다음과 같이 말했습니다.

"우리는 다른 세계의 결혼 절차를 매우 이상하다고 여기고 있습니다. 당신들은 말을 살 때에는 겨우 몇 푼의 돈밖에 차이가 안 나는 데도 온갖 주의를 기울입니다. 말은 이미 벌거벗고 있는 데도 당신들은 안장과 기타의 마구를 모두 벗겨 내고 그 밑에 혹시 상처라도 있는지 살펴보고 매매를 승낙합니다. 그러나 당신들은 아내를 선택할 때에는, 좋든 나쁘든 간에 일생 동안 지속되어야 할 약속임에도 불구하고 믿을 수 없을 만큼 소홀합니다. 당신들은 옷을 벗겨 볼 생각조차 하지 않습니다. 당신들이 볼 수 있는 것은 겨우 그 여자의 손바닥만 한 얼굴인데, 그 얼굴만 보고 여자 전체를 판단하고 결혼을 하게 됩니다. 그래서 당신이 여자가 실제로 어떤 모습을 하고 있는지 보게 되었을 때, 그 여자의 가장 기분 나쁜 곳을 발견할 위험이 남아 있습니다. 당신들이 오직 도덕심에만 관심이 있다면 염려할 필요는 없을 것입니다.

그러나 우리는 모두 그와 같이 현명하지도 않으며, 또 현명하다고 하더라도 결혼했을 때 아름다운 육체는 아름다운 영혼의 유용한 부수물임을 알게 됩니다. 확실히 옷은 아내에 대한 남편의 감정을 손상시키기에 족한 육체적 결점을, 육체적으로는 헤어지기에 너무 늦을 때까지 쉽게 감춰줄 수 있을 것입니다. 물론 아내가 결혼 후에 보기 흉하게 되었다면, 남편은 그 운명을 감수해야 합니다. 그렇지만 이러한 가장(假裝) 밑에서는 결혼에 대한 법적 보호가 필요합니다."

유토피아인들의 경우에 있어서는 이러한 주의가 특히 필요합니다. 다른 이웃 나라와는 달라서 그들은 일부일처제를 엄수하기 때문입니다. 대부분의 부부는 죽어서야 헤어지는데, 단, 어느 한쪽이 간통 또는 참을 수 없는 악행을 저질렀을 때에는 그렇지 않습니다. 이때에는 결백한 쪽이 의회로부터 다른 사람과 결혼할 허가를 얻을 수 있습니다. 잘못을 범한 쪽은 망신을 당하고 평생 독신 생활을 해야 한다는 선고를 받습니다. 그러나 아내 자신의 과실이 아닌데도 아내가 육체적으로 결함이 있다고 하여 남편이 아내를 버리는 일은 결코 허용되지 않습니다. 그들은 아내에게 동정이 가장 필요한 때에 아내를 버리는 잔인성은 그만두더라도, 이러한 일이 허용되면 노년기(노년기에는 많은 질병이 생길 뿐 아니라

노년기 자체가 질병입니다)에 대한 아무런 보장이 없다고 생각합니다.

그러나 때로는 남편과 아내가 모두 배우자를 바꾸면 더 행복해질 것이라고 생각할 때, 원만한 동거 생활이 불가능하다는 이유로 상호 합의하에 이혼이 허용되기도 합니다. 그러나 이 경우에는 트라니보루스들과 그들의 아내들에 대한 철저한 조사를 거친 다음에야 얻을 수 있는 특별한 허가가 필요합니다. 철저한 조사를 한 후에도 이러한 허가를 주저하게 됩니다. 그들은 쉽게 이혼할 수 있다면 그것만큼 결혼의 유대를 약화시키는 것은 없다고 생각하기 때문입니다.

간통한 자들에게는 가장 가혹한 처벌이 선고됩니다. 간통한 쌍방이 모두 기혼자일 경우에는, 피해를 입은 배우자들은 그들이 원하면 이혼을 하고, 피해자들끼리 또는 그들이 선택하는 다른 사람과 결혼할 수 있습니다. 그러나 피해자들이 배신한 배우자를 사랑하는 마음에 변함이 없다면, 피해자들이 그 배우자의 노동을 거들어 준다는 조건하에 그들의 결혼 생활이 허용됩니다. 이러한 경우에는 시장은 때로는 죄를 지은 배우자의 뉘우침과 피해자의 성실성에 감동하여 둘 다 석방해 주기도 합니다. 그렇지만 재범인 경우에는 사형 선고를 내립니다.

그 외에 법률상으로 고정적인 처벌 규정은 없습니다. 의회가 각각의 경우에 따라 적절한 처벌을 결정합니다. 범죄가 무거워 당국이 다루어야 할 경우를 제외하고는 공공의 도덕을 위해서 남편은 아내를 처벌할 책임을, 어버이는 자식을 처벌할 책임을 집니다. 중죄에 대한 통상적인 처벌은 노예입니다. 유토피아인들은 죄수의 입장에서는 노예가 되는 것이 사형 선고와 마찬가지로 고통스러우며, 또한 사회를 위해서도 곧장 처결해 버리는 것보다 유익하다고 말합니다. 살아 있는 노동자가 죽은 노동자보다 가치가 있고, 장기적인 억제 효과를 거둘 수 있기 때문입니다. 그러나 죄수가 이러한 처우에 반대한다는 것이 밝혀지거나 형무소의 규칙을 따르지 않으면, 죄수는 야수처럼 살해됩니다. 그러나 이러한 상황을 받아들인 죄수들의 전망이 아주 절망적인 것은 아닙니다. 만일 수년 동안의 고역을 치르면서 마음을 바로잡아 죄수가 자기 자신만이 아니라 그가 한 일에 대해서도 뉘우치는 조짐을 보이게 되면, 혹은 시장의 재량에 의해서 혹은 국민 투표에 의해서 형벌이 감소되거나 취소됩니다.

유혹을 하려다가 실패한 자도 실제로 유혹을 한 자와 마찬가지로 엄중한 처벌을 받습니다. 이것은 다른 범죄에도 적용됩니다. 고의로 범죄를 저지르려고 한 자는 법적으로는 범죄를 범한 것으로 간주됩니다. 유토피아인들은 말합니다. 범죄에 성공하지 못한 것은 그의 탓이 아닌데, 어째서 실패했다고 그를 믿을 수 있겠습니까?

유토피아인들은 바보(정신박약자)를 몹시 좋아하며, 그들에게 치욕을 가하는 것은 매우 악랄한 행위라고 생각하지만, 바보의 우스운 행동을 보고 즐거워하는 것은 정당합니다. 사실은 바보의 어리석은 행동을 즐거워하는 것이 바보를 위해서 더 유익하다고 생각합니다. 바보가 하는 말이나 행동을 재미있어 할 만한 유머 감각도 없다면, 바보를 정당하게 돌보아줄 리가 없기 때문입니다. 다시 말하면, 바보가 가진 유일한 재주인 어리석은 짓을 평가할 줄 모른다면, 바보를 친절하게 대해 줄 리가 없기 때문입니다.

그러나 여러분이 보기 흉하거나 불구인 자를 보고 비웃으면, 모든 사람들이 여러분을 비웃기 시작할 것입니다. 자신의 힘으로는 도저히 피할 수 없는 결점을 비난하고 있다는 것을 암시함으로써 여러분은 스스로 아주 어리석은 짓을 한 것이기 때문입니다. 자신의 자연적인 아름다움을 유지하려고 노력하지 않는 자는 아주 게으른 자로 생각되기는 하지만, 유토피아인들은 화장에 대해서는 강하게 반대합니다. 사실 그들은 오랜 경험을 통해 남편이 아내에게서 원하는 것은 외적인 아름다움이라기보다 오히려 공손과 남편에 대한 존경할만한 태도임을 알았기 때문입니다. 아름다운 얼굴은 남자를 사로잡는 데는 충분하지만, 남자의 사랑을 지속시키기 위해서는 훌륭한 인격과 성품이 필요한 것입니다.

유토피아에는 범죄를 억제하는 제도와 마찬가지로, 공개적인 포상에 의해 선행을 장려하는 제도도 있습니다. 예컨대 유토피아인들은 사회에 뛰어난 기여를 한 사람들의 동상을 시장에 세워 놓았습니다. 그 이유는 그들의 업적을 기념하고 선조의 영광을 후대에 기억시킴으로써 장래 세대의 보다 큰 노력을 자극하기 위해서입니다. 그러나 자기 자랑을 해서 관직에 선출되고자 하는 자는 영원히 관직을 차지할 기회를 얻을 수 없습니다. 사회적 관계는 늘 우호적입니다. 공무원들의 태도가 거만하거나 위압적이지 않기 때문이지요. 공무원들은 보통 '아버지'라고 불리는데, 그들은 이런 호칭을 들을 수 있도록 적절하게 행동합니다. 유토피아인들은 공무원들에게 언제나 적절하게 존경심을 갖고 대합니다만, 그것은 결코 강요당한 것은 아닙니다. 시장 자신도 남들과 같은 보통 옷을 입고 있으며, 특별한 머리 장식을 하지도 않습니다. 마치 대주교가 초를 들고 다니는 것처럼, 시장은 한 다발의 곡식을 들고 다니며 그의 관직을 드러냅니다.

유토피아에는 몇 가지의 법률만 있을 뿐입니다. 유토피아의 사회 제도는 많은 법률을 필요로 하지 않습니다. 사실, 다른 나라에 대한 유토피아인들의 가장 큰 불만 중의 하나는 다른 나라들은 이미 수많은 법률서와 법률에 대한 해석을 갖고 있으면서도 아직도 충분하지 않다는 점입니다. 왜냐하면, 유토피아인들의 말을 따르면 너무 길어서 보통 사람들이 한 번에 읽지 못하거나, 또한 너무 어려워서 이해하지 못하는 법률로 인간을 속박하는 것은 부당한 일이기 때문입니다. 게다가 유토피아에는 개별적인 사건과 법조문에 정통하여 교활한 재주를 부리는 변호사가 없습니다. 유토피아인들은 각자가 그 자신의 소송 사유를 진술하고, 변호사가 있는 경우에는 변호사에게 했어야 할 이야기를 직접 재판관에게 말하는 것이 더 좋다고 생각합니다. 이런 식으로 재판이 이루어지므로 사건이 모호해지는 경우가 드물며, 따라서 쉽게 진실을 파악할 수 있는 것입니다. 변호사가 시키는 대로 거짓말을 하는 사람이 없다면, 판사는 그의 모든 능력을 사건의 진상을 간파하는데 기울일 수 있고, 그래서 교활한 자의 비양심적인 공격으로부터 정직한 사람을 보호할 수 있기 때문입니다.

다른 나라에는 복잡한 법률이 너무 많기 때문에, 이러한 제도는 다른 나라에서는 효과적으로 운영되지 못할 것입니다. 그러나 유토피아에서는 이미 말한 바와 같이 법률이 극소수이고, 또 가장 쉽고 명백한 해석이 언제나 바른 해석으로 간주되기 때문에 누구나 법률 전문가입니다. 유토피아인들은 법률의 유일한 목적은 사람들에게 그들이 마땅히 무엇을 해야 할 것인가를 일깨워 주는 데 있으며, 따라서 해석이 까다로우면 까다로울수록 이 해석을 이해하는 사람은 비교적 소수일 것이므로 그 효과는 떨어진다고 말합니다. 반면 단순하고 명백한 의미는 누구에게나 이해가 됩니다. 사회의 최대 집단을 형성하고 있고, 또한 법률의 일깨움이 가장 필요한 하층 계급의 관점에서 본다면, 법률 한 가지를 제정한 다음 그 의미를 확정하기 위해서는 수많은 정교한 논의를 통해 해석해야 하는 법률은 아무런 소용이 없습니다. 벌어먹기에도 바쁜 서민의 처지에서는 이러한 연구를 할 시간도 정신적 여유도 없는 것입니다.*

유토피아인들은 많은 미덕을 갖고 있기 때문에 몇몇 인접 국가로부터 1년, 또는 5년 기한으로 정부 관리를 파견해 달라는 요청을 받습니다. 물론 국민이 국가 정책을 결정하는

---

* 여기서는 당시 영국과 유럽의 복잡한 법률을 비난하고 있다.

자유를 가진 나라들만 요청해 옵니다. 오래 전에 유토피아인들은 주위의 대부분의 국가를 독재 정치로부터 해방시켰습니다. 초청 받아 간 파견 행정관들은 임기 만료 후 온갖 명예와 존경을 한 몸에 받고 귀국하며, 다른 유토피아인이 그를 대신하여 다스리게 됩니다. 이것은 해당 국가로 보아서는 확실히 매우 현명한 처사입니다. 왜냐하면 한 국가의 복지는 전적으로 통치자의 자질에 달려 있고, 유토피아인은 분명히 이러한 일에 적합한 사람들이기 때문입니다. 유토피아인들은 돈이 소용이 없는 고국으로 곧 돌아가야 하기 때문에 매수*되거나 유혹을 받아 부정 축재를 하는 일은 없습니다. 또한 그들은 원주민을 한 사람도 알지 못하기 때문에, 개인적인 친분에 따라 그릇된 결정을 내리는 일 또한 결코 없습니다. 이러한 자질은 특히 재판관에게 중요한 것입니다. 개인적인 선입견과 재물에 대한 탐욕은 법정을 위협하는 2대 악이며, 이러한 악이 우세해지면 곧 모든 정의가 무너져 사회는 붕괴되게 마련입니다.

---

* 모어의 대법관직을 승계한 사람 중의 하나인 베이컨과는 달리서, 모어는 뇌물을 절대로 받지 않았고, 관련자들로부터 예물이 제공될 때에는 무례하지도 않고 부정을 저지르지도 않도록 처신하였다. 어떤 사람이 모어에게 도금한 컵을 선사하자, 모어는 증여자를 위해 축배를 들고는 이 컵을 바로 돌려주었다. 또 다른 사람이 신년 선물로 역시 도금한 컵을 가져오자, 모어는 그 디자인이 마음에 들어 이 컵을 간직했고, 대신 더 값진 컵을 주었다.

유토피아인들은 그들이 행정관들을 보낸 나라를 '동맹국'이라고 지칭합니다. 그리고 그들의 다른 방법으로 도와주는 나라는 '우호국'이라고 칭합니다. 다른 나라에서는 조약의 체결·파기·갱신을 끊임없이 반복하고 있지만, 유토피아인들이 이런 식의 조약을 실제로 체결한 적이 없습니다. 그들은 묻습니다. '조약이 무슨 소용이 있느냐?' 인간은 자연적으로 이미 맺어진 것이며 만일 인간이 이와 같은 기본적인 유대를 무시하기로 했다면 단순한 언어상의 형식에 많은 관심을 쏟을 까닭이 없다고 생각하기 때문입니다. 물론 유럽에서는, 특히 유럽의 기독교권에서는 조약은 보편적이고 신성불가침한 것으로 여겨지고 있습니다. 첫째는 우리들의 왕들이 착하고 의롭기 때문이며, 둘째는 교황*을 대단히 두려워하기 때문입니다. 아시다시피, 법황들은 자신들이 가장 종교적인 명령을 내릴 뿐 아니라, 모든 통치자들에게 무슨 일이 있든지 약속은 지켜져야 한다고 명령을 내리고, 약속을 지키지 않는 통치자는 누구를 막론하고 교서를 통해 엄격히 비

---

* 법황 율리우스 2세(1443~1513)를 풍자하고 있는 듯. 그는 1508년에 베니스에 대항하는 캄브라이 동맹에 루이 12세와 함께 가담했다. 프랑스의 도움으로 1509년 베니스인을 항복시킨 다음에 그는 1510년 신성 동맹을 체결하고 프랑스에 반항하는 베니스 편을 들었다. 여기서 모어는 당시 유럽의 타락한 정치 도의와 로마 법황청의 정치적 책동을 지적하고 있다.

유토피아 169

난합니다. 이른바 '신앙에 충실한 자들'이 이러한 문제에서 신의를 저버린다는 것은 가장 사악한 일이라고 법황은 확신하며, 이러한 지적은 전적으로 타당합니다.

그러나 유토피아가 속해 있는 정치권(이것은 우리들의 정치권과는 사회적·정치적으로 물론, 지리적으로도 정반대의 위치에 놓여 있습니다)에서는 조약은 전혀 믿을 수 없습니다. 조약이 엄숙하게 체결되면 될수록 더 빨리 단순히 문구상의 허점을 찾아내는 것만으로 파기됩니다. 사실은 흔히 이러한 허점을 고의로 원문에 삽입해 두기 때문에, 그 서약이 아무리 철석같이 보일지라도 언제나 빠져 나올 구멍이 있고, 따라서 조약과 신의를 동시에 깨뜨려 버릴 수 있는 것입니다. 이러한 외교는 명백히 부정한 것입니다. 국왕에게 이러한 교활한 재주를 진언한 것을 스스로 자랑하는 바로 그 자들이 만일 개인 간의 계약에서 같은 일이 일어나고 있는 것을 발견하면, 맨 먼저 나서서 신랄하고 독선적인 어조로 이러한 계약은 신성을 모독하고 죄악을 저지른 것이라고 비난할 것입니다. 결국 정직이란 왕의 존엄에는 거의 미치지 못하는 저급하고 비천한 덕에 지나지 않는다는 뜻이 됩니다. 아니면 적어도 두 종류의 정직이 있는 것입니다. 하나는 평민에게만 적용되는 것으로 언제나 묶여 있는 초라한 늙은 말과 같습니다. 다른 하나는 왕들을 위해 보존된 것으로 훨씬 많은 자유를 누리는 훨씬 고귀한 동물과 같습니다. 이 동물은 하고 싶은 것을 마음대로 할 수 있기 때문입니다.

어쨌든 이것이 그곳 국왕들의 처신이며, 이것이 유토피아인들이 조약을 맺지 않는 이유이기도 합니다. 만약 유토피아인들이 유럽에 살았더라면 그들의 마음은 달라졌을 것입니다. 그러나 실제로 그들은 조약이 아무리 성실하게 준수된다고 하더라도 조약을 맺는 그 자체에는 원천적으로 찬성하지 않습니다. 조약으로 인해 인간이 서로를 천적으로 간주하게 된다고 생각하기 때문입니다. 단지 작은 언덕이나 강 저쪽에 산다는 사실이 인간성의 모든 유대를 단절시킨다고 가정하고, 서로 파멸시키려고 하는 노력을 금지하는 특별 조약이 없으면 두 나라가 상호간 적대 행위를 하는 것이 정당화된다고 생각하는 것입니다.

그러나 이러한 조약이 체결되었다고 하더라도 그들이 우호적인 관계를 갖는 것은 아닙니다. 왜냐하면 조약 초안자들의 부주의로 말미암아 충분한 금지 규정을 삽입하지 못하면 언제나 상호 간의 약탈권은 유보되기 때문입니다. 유토피아인들은 정반대의 의견을 갖고 있습니다. 그들은 어떠한 해도 끼치지 않은 사람을 적으로 여겨서는 안 된다고 생각합니다.

그것은 인간은 천성적으로 조약을 맺고 있기 때문이며, 계약에 의해서, 또 애정이나 언어에 의해서보다는 마음에 의해서 더욱 효과적으로 결합될 수 있다고 보기 때문입니다.

 이제 전쟁에 대해서 말할 차례가 되었군요. 사실, 전쟁은 그들이 증오하는 일입니다. 인간이 다른 하등 동물보다도 더 전쟁에 몰두하고 있기는 하지만 전쟁은 참으로 인간 이하의 행위입니다. 실제로 유토피아인들은 전쟁을 불명예스럽다고 생각하는 유일한 민족입니다. 물론 전투를 해야 할 때에 전투 능력이 없으면 안 되기 때문에 그에 대비해서 정기적으로 군사 훈련을 받습니다. 그러나 그들은 자위, 또는 우방 국가의 영토로부터 침략자를 격퇴하거나 독재 정권의 희생자들을 해방시키는 경우를 제외하고는 거의 전쟁을 벌이지 않습니다. 그들이 우방 국가로부터 침략자를 격퇴시키거나 독재자를 축출하는 것은 동정심의 발로이니, 그들은 피해를 받는 사람들에 대한 사의를 표현하는 것입니다. 그러나 그들은 방위 전쟁만이 아니라 침략 행위에 대한 보복전에도 '우방국'에 도움을 줍니다. 그러나 피해국이 호소해 올 때에 한해 전쟁 참여 여부를 고려하되, 한 전쟁의 원인이 정당하며, 보상을 요구했으나 거절당해서 전쟁 수단밖에 남지 않은 경우에 전쟁의 참여를 결정합니다. 전쟁의 정당한 원인에는 무력에 의한 약탈 이외의 것도 포함됩니다. 외국에서 상인들이 불공평한 법 때문에, 또는 법은 공평하지만 고의적인 편파적 적용 때문에 불공평한 법적 조치를 받는 경우에는 상인의 권리를 보호하기 위해 강경책을 사용합니다.

우리가 유토피아에 도착하기 얼마 전에, 알라오폴리타에*와 전쟁을 시작한 것도 이러한 이유 때문이었습니다. 유토피아인들이 알라오폴리타에에서 일을 하고 있던 네펠로게타에**의 실업가들이 법에 속아서 희생되었다고 생각했기 때문에, 그들은 네펠로게타에에 군사 원조를 제공했습니다. 유토피아인들이 옳았든 옳지 못했든 간에, 인접 국가가 모두 개입하여 최초의 전쟁은 확대되었고, 결국은 대전쟁이 일어났습니다. 전쟁이 끝났을 때, 몇몇 강대국의 힘은 흔들리고 다른 나라들은 멸망 직전까지 이르게 되었습니다. 알라오폴리타에는 몇 차례의 전쟁을 치른 후 드디어 항복했습니다. 유토피아인들이 전쟁에 참가한 동기는 이익과는 전혀 무관했기에 유토피아인들은 아무것도 약탈하지 않았습니다. 그

---

* 알라오폴리타에(Alaopolitae)는 'alaos(눈 먼)'와 'polites(시민)'로 만든 말로 '암흑의 나라 사람들'이라는 뜻.
** 네페로게타에(Nephlogetae)는 'Nephele(구름)'에서 온 말로 '구름의 나라 사람들'이라는 뜻. 알라오폴리타에와 함께 모어가 만든 조어.

러나 옛날에는 필적할 상대가 없던 알라오폴리타에는 네펠로게타에의 노예가 되었습니다.

따라서 유토피아 사람들은 돈 문제에 있어서도 우방국이 받은 손해에 대해 신속히 보상해 준다는 것을 알 수 있습니다. 그러나 그들은 그들 자신이 받은 손해에 대해서는 훨씬 관대합니다. 유토피아의 상인이 상품을 사기 당했거나 신체적인 상해를 받은 경우를 제외하고는 그들이 취하는 가장 강경한 대책은 보상을 받을 때까지 관계국과의 교역을 중단하는 것입니다. 그렇다고 해서 그들은 자기 나라 사람들을 소홀히 여기는 것은 아닙니다. 다른 나라 사람들은 그들 자신의 사유재산을 잃기 때문에 사기를 당하는 경우 손해가 훨씬 크지만, 유토피아인은 이러한 경우 잃은 것이 하나도 없는 것입니다. 개인이 손실을 보는 것이 아니라 국가가 손실을 보는 것입니다. 게다가 손실을 본 물품은 국내 수요를 초과하는 것들입니다. 그렇지 않으면 결코 수출하지 않을 것입니다. 그러므로 이러한 손해로 말미암아 사정이 나빠지는 사람은 한 사람도 없습니다. 따라서 한 명의 유토피아인의 생명이나 생활에 대해서도 아주 작은 차이를 초래하지 못할 물건을 잃었다고 해서 그 복수로 많은 사람을 죽이는 일은 잔인하다고 생각합니다. 그러나 그들의 시민 중의 한 사람이 외국 정부나 외국에 의해서 불구가 되었거나, 살해되었을 경우에는 유토피아인들은 전혀 다른 방침을 취합니다. 외교 채널을 통해서 이러한 사건에 대한 소식을 듣는 즉시 그들은 전쟁을 선언합니다. 책임 있는 자들이 인도되지 않는 한 어떠한 양보도 효과가 없습니다. 인도된 자들은 사형 또는 노예가 되는 처벌을 받습니다.

그들은 유혈로 얻는 승리를 좋아하지 않습니다. 사실 그들은 이러한 승리를 수치로 여깁니다. 아무리 귀중한 것이라고 하더라도 지나치게 높은 비용을 치르는 것은 현명하지 못하다고 생각하기 때문입니다. 그들이 정말로 자랑스럽게 여기는 것은 적을 지혜로 굴복시키는 것입니다. 그들은 이러한 승리를 위한 개선 경축식을 열고, 또 영웅적 행위를 찬양하기 위하여 전승 기념비를 세워 축하합니다. 그들은 인간만이 가지고 있는 특별한 수단, 곧 인간의 이성의 힘에 의해 획득한 승리만이 인간다운 것이라고 생각한다는 것을 아셨을 줄 믿습니다. 그들은 짐승만이 신체적인 싸움을 한다고 말합니다. 곰, 사자, 산돼지, 이리, 개 등은 신체로써 싸우고 또 대부분 인간보다 더 힘이 세고 사납습니다. 그러나 인간을 그들보다 우월하게 만든 것은 우리의 이성이요 총명입니다.

전시에 있어서의 그들의 주요 목적은 평화 시에는 얻지

못하는 것을 얻는 데 있습니다. 또는 이러한 목적이 문제가 아닐 때에는 도발자를 가혹하게 처벌하여 다시는 아무도 그러한 생각을 하지 못하게 만드는 것입니다. 그들은 가능한 한 가장 쉽게 목적을 달성하려고 합니다. 그러나 언제나 안전을 가장 우선으로 삼고, 국가의 위신은 2차적인 것으로 봅니다. 그러므로 전쟁을 선포하자마자, 그들은 비밀 첩자를 통해 적국 영토 도처의 눈에 띄기 쉬운 장소에 많은 선전 전단을 동시에 살포합니다. 이 선전 삐라에는 유토피아 정부의 관인이 찍혔으며, 그 내용은 적국의 국왕을 죽인 자에게는 막대한 상금을 준다는 것입니다. 또한 이 선전 삐라에는 왕의 경우보다는 적지만 상당한 액수를, 왕을 추종하여 반 유토피아 정책을 지지한 자로서 그 이름이 리스트에 올라 있는 고관들을 죽인 자에게 제공한다는 내용도 들어 있습니다. 이러한 자를 생포해 오는 경우에는 죽인 경우의 2배나 되는 상금을 줍니다. 그리고 고관들 중에서 동료를 배반하고 유토피아에 귀순한 자에 대해서는 같은 액수의 돈을 제공하고 처벌을 면제합니다.

리스트에 올라 있는 고관들은 서로를 의심하게 되어 즉시 효과가 나타납니다. 그들은 모두 서로 믿지 못하게 되고 신용 또한 잃게 됩니다. 그들은 항상 공포에 떨며 사는데, 이것은 아주 당연한 일입니다. 왕을 포함해서 고관 전체가 그들이 가장 신임했던 자에게 배반당하는 일이 흔히 일어나기 때문입니다. 사실 사람들은 돈을 위해서는 어떠한 짓이라도 하며, 유토피아인들이 상금으로 준비해 둔 돈의 액수는 한계가 없습니다. 배반자가 당면하는 위험을 고려하여 그들은 매우 치밀하게 여러 가지 이익으로 보상을 해줍니다. 따라서 막대한 양의 금과 더불어 그들에게 안전하고 우호적인 나라에 있는 값진 토지에 대한 소유권도 약속합니다. 그리고 이러한 약속을 그들은 반드시 지킵니다.

이러한 적국 매수 작전은 일반적으로 비열하고 잔인하다고 여겨지지만, 유토피아인들은 이를 무척 자랑합니다. 이와 같이 단 한 번의 전투도 없이 큰 전쟁을 끝낸다는 것은 가장 현명한 일이라고 말합니다. 또한 몇 명의 죄인만을 희생시키고 수천 명의 무고한 생명을 구하기 때문에 가장 인도적이라고 말합니다. 그들은 아군이든 적군이든 이를 불문하고 전투 중 전사하게 될 무수한 병사들을 생각하고 있는 것입니다. 그들은 동포에 대해 동정하는 것과 거의 같은 정도로 적국 국민을 동정하고 있기 때문입니다. 그들은 발광한 통치자에 의해 전쟁이 강요되지 않았더라면 적국 국민은 결코 전쟁을 도발하지 않았으리라는 것을 알고 있습니다.

이러한 방법이 실패하게 되면, 그들은 적국 왕의 형제나 다른 귀족이 왕위를 탐내도록 선동하여 적국 내에 불화의 씨를 뿌리고 이 씨를 기릅니다. 만일 계획했던 대로 적국에서 내분이 일어나는 조짐이 보이면, 유토피아인들은 옛날의 청구권을 들추어내어(왕들은 언제나 이러한 청구권을 갖고 있게 마련입니다) 인접 국가의 적의를 타오르게 만듭니다. 그들은 이 청구인의 전쟁 수행에 도움을 줄 것을 약속하며, 많은 돈을 공급하고 아주 극소수의 병력을 파견함으로써 이 약속을 지킵니다. 유토피아인들은 서로 극진히 사랑하므로, 단 한 명의 시민을 희생해서 적국 왕과 맞바꾸는 경우가 있더라도 이를 꺼립니다. 그러나 그들은 은이나 금을 내놓는 것은 서슴지 않습니다. 그들은 오직 이러한 경우에 대비하기 위해 금·은을 축적해 왔고, 또한 그들은 금·은 전부를 소비한다고 하더라도 그들의 생활수준에는 아무런 변동도 오지 않는다는 것을 알고 있기 때문입니다. 게다가 국내의 자본 이외에도, 그들은 막대한 외국 재산을 소유하고 있습니다. 앞에서 설명한 바와 같이 셀 수 없이 많은 국가가 그들에게 빚을 지고 있기 때문입니다.

그들의 전쟁은 대부분 용병에 의해 수행됩니다. 그들은 용병을 세계 도처에서 모집해 오거니와, 특히 유토피아 동쪽

약 2백마일 지점에 있는 짜폴레타에*라는 곳으로부터 모집해 옵니다. 짜폴레타에 사람들은 그들이 자라나는 야생림이나 험한 산과 마찬가지로 아주 원시적이고 야만적입니다. 그들은 무척 강건해서 어떠한 더위나 추위, 그리고 육체적 고통도 견뎌 냅니다. 그들은 사치스러운 생활을 알지 못하며 농사도 짓지 않고 옷이나 집에도 무관심합니다. 가축을 기르는 것 이외에 그들의 주된 생활 수단은 사냥과 도둑질입니다. 사실 그들은 오직 전쟁만을 위해서 태어난 사람들 같습니다. 그들은 전쟁에 가담할 기회를 항상 찾고 있으며, 이러한 기회를 포착하기만 하면 그들은 수천 명이 달려가서 병사가 필요한 자에게 싼 값으로 봉사합니다. 전투에서 적군의 목숨을 빼앗는 것이 바로 그들이 알고 있는 유일한 생계유지 수단이기 때문입니다.

그들은 고용자를 위해 매우 충성스럽게, 그리고 열심히 싸우지만, 그들의 충성이나 열성이 얼마 동안 계속될 수 있을지 알 수 없습니다. 그들은 적이 좀 더 많이 지불하면 내일은 적측에 가담할 것인데, 이쪽이 좀 더 지불하면 모레는 다시 이쪽으로 돌아오는 그런 족속들입니다. 피아(彼我) 간

---

* 짜폴레타에(Zapoletae)는 'za(강조 접두어)'와 'poleo(판다)', 또는 'poletes(판매)'에서 온 말로 '목숨을 즐겨 파는 사람들'이라는 뜻.

의 병사가 대부분 짜폴레타에 사람들이 아닌 전쟁은 그리 흔하지 않습니다. 그러므로 어떠한 일이 일어나고 있는지 상상하실 수 있을 것입니다. 두 친척이 같은 군대에 편입됩니다. 잠시 동안 그들은 최상의 친구이지만, 다음 순간에는 그들은 쌍방으로 갈라져서 서로 마치 숙명적인 원수나 되는 듯이 싸우게 되는 것입니다. 혈연이나 우정 따위는 말끔히 잊고 그들은 친척끼리 목을 자르기에 여념이 없습니다. 그들이 서로를 파괴시키게 된 유일한 동기는 다른 왕이 보수를 약간 더 준다는 사실에 있습니다. 따라서 그들에게는 돈은 대단히 소중한 것이며, 하루에 5전을 더 받을 수만 있다면 아주 쉽게 적군 측으로 돌아서 버리는 것입니다. 그들은 탐욕의 유혹에 쉽게 굴복하기는 하지만, 아무것도 얻는 것이 없습니다. 피를 흘리며 번 돈을 방탕한 생활에 다 탕진해 버리기 때문입니다.

짜폴레타에인들은 유토피아인들을 위해서라면 세계의 어느 민족과도 싸울 것입니다. 유토피아인들이 가장 많은 돈을 주기 때문이지요. 아시다시피 유토피아인들은 좋은 사람을 고용하기 위해 노력하는 것과 마찬가지로, 나쁜 사람을 찾아내서 이용하는 데도 열성을 기울입니다. 그러므로 필요할 때에, 그들은 짜폴레타에인을 막대한 상금으로 유혹하여 위험한 전투에 참가시킵니다. 그런데 대부분은 살아서 돌아오지 못하므로 그들의 삯을 요구하지 못하게 됩니다. 그러나 살아 돌아온 자에게는 앞으로도 똑같은 모험을 할 만한 보람이 있다고 생각하도록 하기 위해 언제나 약속했던 상금을 어김없이 지불합니다. 유토피아인들은 짜폴레타에인들이 얼마나 많이 전사하든 이를 상관하지 않습니다. 만일 그들이 지구의 표면으로부터 더러운 찌꺼기를 말끔히 씻어 낼 수만 있다면 인류를 위해 큰 공헌을 하게 될 것이라고 말하는 것입니다.

   유토피아인들을 전쟁에 가담케 만든 나라는 두 번째 병력 공급원이 됩니다. 그 다음은 다른 우방국들이 파견하는 원군이며, 마지막이 유토피아의 시민입니다. 유토피아인들은 시민 가운데서 자타가 인정하는 능력 있는 자를 선발하여 연합군의 사령관으로 임명합니다. 사령관은 두 명의 부사령관을 수하에 거느릴 수 있는데, 이 부사령관들은 사령관이 건재하는 한 특별한 직무는 갖지 않습니다. 그러나 사령관이 전사하거나 포로가 될 때에는, 부사령관 중 한 명이 그 직무를 인수합니다. 그리고 또다시 필요한 경우가 오면 다른 부사령관이 직무를 인수합니다. 이렇게 함으로써 전세를 바꿀 수도 있고, 또한 사령관에게 무슨 일이 일어나든 전군이 일사 분란하게 싸울 수 있는 것입니다.

유토피아의 원군은 각 도시로부터 온 지원병으로 구성됩니다. 누구든 해외에서 군복무를 하도록 징집 당하지는 않습니다. 그들은 겁이 많은 사람들은 좋은 병사가 되기 어려울 뿐 아니라, 자칫하면 병사들의 사기를 떨어뜨리기 쉽다고 생각합니다. 그러나 침략을 받았을 때에는 겁이 많은 사람이라도 신체만 건강하면 용감한 사람들과 함께 싸우도록 해군에 징집되거나, 또는 도망갈 길이 없는 성벽의 요새에 배치됩니다. 실제로 그들이 적군과 직면하게 될 때, 겁 많은 사람들은 여론이 겁이 나서 또 도망갈 길이 없다는 사실 때문에, 흔히 공포심을 극복하고 마지막에는 용감하게 싸우게 됩니다.

그러나 아무도 해외에 나가 싸우도록 강요받지는 않으며, 마찬가지로 아내가 남편과 함께 전선으로 가기를 원하는 경우 함께 가도록 되어 있습니다. 또한 이러한 일은 장려되고 있으며 찬양을 받습니다. 전선에 따라간 아내는 전장에서 자녀 및 다른 가족과 함께 남편의 바로 옆에 배치됩니다. 이것은 서로 돕고 싶어 하는 가장 강한 자연적 본능을 가진 사람들을 가능한 한 가까이 있게 하여 서로 도울 수 있도록 하려는 것입니다. 남편이 아내를 잃고 돌아오거나, 아내가 남편을 잃고 돌아오거나, 자녀가 부모를 잃고 돌아오는 것은 최대의 불명예입니다. 이것은 그들의 군대는 전투를 시작하면

적이 완강히 버티는 한 최후의 일인까지 싸움을 계속한다는 것을 의미합니다. 유토피아인들은 용병으로 전쟁을 수행할 수 있는 한은 시민들을 싸움터에 내보내지 않기 위해 최선을 다하지만, 결국 어쩔 수 없이 그들 자신이 전투에 참가하게 될 때에는 전투를 회피하려던 신중함과 마찬가지의 용기를 발휘합니다.

그들은 첫 공격 때부터 분노하지는 않지만, 시간이 흐름에 따라 결의가 더욱 굳어져 마침내는 뒤로 물러남보다는 오히려 죽음을 택하게 됩니다. 그들은 가족의 양식이나 자녀의 장래에 대해 걱정할 필요가 없기에 패배라는 생각 자체를 생각해 보지도 않습니다. 그들의 그러한 확신은 군사 훈련에 의해 증대됩니다. 그리고 어릴 때부터 받은 교육과 사회 환경에서 얻은 건전한 사상으로 확고하게 정신무장이 되어 있는 것입니다. 따라서 그들은 생명을 매우 귀하게 여기므로 함부로 생명을 버리지는 않지만, 생명을 포기하는 것이 의무인 때를 맞이하면 생명에 비겁하게 집착하지는 않습니다.

전투가 한창 절정에 다다르면, 특별히 선발되어 생사를 같이 하기로 맹세한 청년들이 적국 사령관을 공격합니다. 그들은 정면 공격, 매복, 원거리 사격, 백병전 등 온갖 수단을 다 써서 적군 사령관을 공격합니다. 쐐기 모양의 대형으로 적국 사령관에 대한 공격을 잠시도 멈추지 않으며, 선두에 선 사람이 피로하면 아직 기력이 생생한 젊은이를 대치시킵니다. 그 결과 적국 사령관은 패주하여 생명을 보존하지 않는 한 거의 전사하거나 포로가 됩니다.

 전투에 이겼다고 하더라도 유토피아인들은 대량 학살을 자행하지는 않습니다. 일단 적군이 패주하기 시작하면 그들을 죽이기보다는 오히려 포로로 잡으려 합니다. 적어도 한 부대가 전투 대형으로 남아 있지 않는 한, 추격을 개시하지 않는 것이 그들의 규칙입니다. 이 규칙을 엄격히 지키기 때문에 예비대까지 전투에 참가하여 승리를 거두었을 경우에는, 그들은 적군을 추격하기 위해 대오를 허물어뜨리면서까지 전진하지는 않고 오히려 적군 전부를 달아나도록 내버려 둡니다. 그들은 자신들이 여러 번 사용한 속임수를 결코 잊지 않기 때문이지요. 이 속임수를 썼을 때에는 매번 유토피아의 주력은 전면적으로 패배하고 적군은 승리에 도취하여 뿔뿔이 흩어져서 각 방면으로 추격해 왔을 때였습니다. 이때에 매복시켜 두었던 소수의 유토피아군에 의해 전세는 역전되었습니다. 기회를 엿보며 매복해 있던 유토피아군은 흐트러진 적군에게 기습적으로 공격합니다. 이때 적군은 안심한 나머지 경계를 하지 않고 있었습니다. 이렇게 해서 적군이 차지했던 승리를 빼앗아 버렸고 승자가 뒤바뀐 것입니다.

그들의 공격 전술과 방위 전술은 어느 것이나 다 교묘합니다. 실제로는 후퇴를 염두에 두지도 않으면서 후퇴하는 척할 때도 있습니다. 그러나 그들이 실제 후퇴하기로 작정했을 때에는 아무도 눈치를 채지 못합니다. 그들은 병력이나 지리적 조건이 불리하다고 생각하면 밤중에 소리도 없이 진지에서 물러나든지, 또는 적군을 속이는 다른 방법을 써서 후퇴합니다. 그렇지 않으면 그들은 대낮에 철수하는데 서서히 완전한 대형을 유지하면서 철수하기 때문에, 철수할 때에 그들을 공격하는 것은 전진할 때에 공격하는 것과 마찬가지로 위험합니다.

그들은 진지 둘레에 아주 깊고 넓은 참호를 파서 주도면밀하게 진지를 요새화합니다. 파낸 흙은 안쪽으로 던져서 성벽을 쌓지만 이 일은 노예에게 시키지 않고 병사들 자신이 참호를 팝니다. 돌발 사태에 대비하여 성벽 앞에 배치한 소수의 무장 보초를 제외하고는 전 병력이 동원되는 것입니다. 이렇게 많은 병력이 동원되기 때문에 그들은 지극히 짧은 시간에 광대한 지역을 효과적으로 요새화할 수 있습니다.

그들이 입은 갑옷은 견고하여 적군의 공격을 막아 내기에 충분한 한편, 신체의 운동에 지장을 주지 않습니다. 수영까지 할 수 있습니다. 사실 그들은 기초적인 군사 훈련 시절부터 갑옷을 입고 헤엄치는 법을 연습합니다. 그들의 장거리 사격 무기는 활인데, 기병이든 보병이든 활을 힘차고 정확하게 쏘는 법을 배웁니다. 가까운 거리의 전투에서는 칼이 아니라 전투용 도끼를 사용하는데, 전투용 도끼는 도끼날이 날카롭고 무겁기 때문에 내려찍든, 찌르든, 치명상을 입힐 수 있는 것입니다. 또한 그들은 가장 교묘한 무기를 발명·제조하고, 이 무기는 전투에 사용하게 될 때까지는 감춰 둡니다. 감춰 두지 않으면 무기는 놀림감이 되기 쉽고, 따라서 충분한 효과를 올리지 못하기 때문입니다. 이러한 무기를 고안해 낼 때, 그들은 운반하기 쉽고 조작하기 쉽도록 주의를 기울입니다.

그들은 일단 휴전 조약을 맺으면 아무리 도발을 받더라도 이를 위반하지 않습니다. 그들은 적의 영토를 유린하거나 적지의 곡식을 불태워 버리는 일이 없습니다. 그들은 이 곡식이 바로 자기 자신들을 위해서 자라고 있다고 생각하기 때문에 기병이나 보병이 짓밟지 못하도록 각별히 조심합니다. 무장을 하지 않은 사람은 그가 간첩이 아니라면 해치지 않습니다. 그들은 항복한 도시는 보호해 주며, 강습해서 점령한 도시라도 약탈하지 않습니다. 그들은 단지 항복을 못하게 한 책임자를 사형에 처하고 살아남은 경비대원을 노예로 삼을 뿐입니다. 시민은 전혀 해치지 않습니다. 항복을 권고한 사람이 발견되면 사형을 받았거나 노예가 된 사람들이 남긴 재산의 일부를 줍니다. 나머지는 동맹군에게 분배해 줍니다. 유토피아인은 아무도 전리품을 차지하지 않습니다.

전쟁이 끝나면 유토피아인들은 그들이 전쟁 비용을 지불해 준 우방국이 아니라 패전한 적국에 청구서를 보냅니다. 그들은 그 중 일부는 앞으로의 전쟁에 대비하여 저축해 두기 위해 현금으로 지불하고, 일부는 적국 영토 내의 값진 토지에 대한 소유권으로 지불하도록 요구합니다. 이렇게 해서 그들은 많은 외국으로부터 재산을 획득했으며, 그 결과로 거둬들이는 수입원은 점점 늘어나서 현재는 연간 70만 듀컷* 이상에 이르고 있습니다. 이러한 나라에는 각기 유토피아 시민을 파견하는데, 명목상으로는 세금 징수원으로 되어 있지만, 실제로는 그 나라에서 명사의 신분으로 부유하게 생활합니다. 세금 징수원이 쓰고 남는 돈도 상당한 액수에 달하는데, 유토피아인은 흔히 이 돈을 세금을 바치고 있는 그 나라에 유토피아에서 실제로 필요하게 될 때 반환한다는 조건으로 대여해 줍니다. 그리고 그 돈이 꼭 필요한 때가 오더라도

---

* 옛날 유럽에서 통용되던 금화, 1듀컷은 현재의 영국 돈 약 9실링.

전액을 요구하는 일은 드뭅니다. 앞서 말한 바와 같이 모험을 무릅쓰고 그들을 도와 준 사람에게 영지의 일부를 양도하기도 합니다.

어떤 왕이 그들의 영토를 침범하기 위한 전쟁을 준비하면, 그들은 대병력을 파견하여 적군이 국경*에 도달하기 전에 물리칩니다. 그들은 가능한 한, 결코 그들의 영토 내에서는 전투를 벌이지 않으며, 또한 아무리 위급한 사정이 있더라도 동맹군이 섬까지 들어오는 것을 허락하지 않습니다.

이제 유토피아인들의 종교 사상에 대해 말할 차례입니다. 유토피아섬에서는 여러 가지 서로 다른 종류의 종교를 믿고 있습니다. 실제로 각 도시에 몇 가지 이질적인 종교가 있습니다. 태양을 숭배하는 자, 달을 숭배하는 자, 기타의 여러 유성을 숭배하는 자도 있습니다. 과거의 위대했거나 덕이 높았던 사람들을 신으로 모실 뿐 아니라, 최고신으로 여기는 사람들도 있습니다. 그러나 절대 다수의 사람들은 보다 현명한 견해를 갖고 있는데 그것은 인간으로서는 알 수 없고, 영원하며, 무궁하고, 불가해하고, 또한 인간이 이해할 수 있는

---

* 여기서 말하는 국경은 유토피아의 국경이 아니라, 유토피아 소유지가 있는 나라의 국경이다.

한계를 초월하여, 우리들이 사는 전체 우주에 물질에 의해서가 아니라 능동적인 힘으로서 유일한 신적인 권능이 존재한다고 믿는 것입니다. 이러한 권능적인 존재에 대해 그들은 '아버지'라고 부릅니다. 그들은 이 우주의 구석구석에서 일어나는 모든 일, 곧 온갖 창조와 사멸, 성장, 발전, 변화를 일으키는 것은 바로 이러한 신이라고 믿습니다.

우주를 창조하고 다스리고 있는 유일한 최고신이 있다는 점에 대해서는 견해를 달리하는 모든 종파가 동의하며, 각 종파는 이 신을 '미트라스'*라는 동일한 유토피아어로 부르고 있습니다. 각 종파에서 다른 점은 과연 어느 신이 미트라스인가 하는 점입니다. 서로의 신에 대해 저마다 의견이 다릅니다. 그러나 각 종파는 그들의 최고신은 자연, 곧 국제적으로 만물의 유일한 근원이라고 인정되는 저 거대한 힘과 일체를 이루고 있다고 주장합니다. 그러나 유토피아인들은 점차 모든 저속한 신앙을 타파하고 가장 합리적인 종교로 귀일하고 있습니다. 개종하려고 할 때에 악운이 닥쳐오고, 이것을 우연이 아니라 하늘로부터의 심판으로 받아들이는

---

* 미트라스는 페르시아의 빛의 신. 태양신 숭배는 기독교와 유사점이 있으니, 곧 그 의식에는 세례 및 밀가루와 물의 혼합물을 마시는 관례가 포함된다. 이것은 또한 로마 군대 사이에 널리 퍼져 있었다. 미트라스의 사원은 노덤랜드 주에 있고, 런던에서도 발견되었다.

미신만 없었더라도 다른 종교들은 옛날에 자취를 감추었을 것이 틀림없습니다.

그러나 우리가 그리스도와, 그리스도의 가르침, 그리스도의 인격, 그리스도의 기적, 그리고 자진하여 피를 흘리면서 많은 민족을 그리스도 신앙으로 개종시키기 위해 노력한 모든 순교자의 기적적인 헌신에 대해 말해 주었을 때, 유토피아인들은 쉽게 개종을 했습니다. 그것이 우리를 놀라게 했습니다. 기독교가 그들의 주요한 종교와 흡사했기 때문인지도 모르겠습니다. 아마도 그들은 무의식 중에 어떤 신비한 영감의 감화를 받았거나 또는 그리스도가 제자들에게 재산을 공유하는 생활(이것은 가장 진실한 기독교 공동체*에서 지금도 실천하고 있습니다)을 명령했다는 이야기를 듣고 상당히 감동을 받았을지 모릅니다. 그 이유가 무엇이든 간에 상당히 많은 유토피아인들이 기독교에 귀의해서 영세를 받았습니다.

그런데 안타깝게도 우리들 네 사람(당시 일행 중 두 사람은 죽고 네 사람만이 남아 있는 상황이었습니다) 중에는 신부가 없었습니다. 그래서 유토피아인들은 교회의 다른 의식은 모두 치렀지만, 개종자들이 오로지 신부에게서만 받을 수 있는 성사(聖事)는 받지 못했습니다. 그러나 그들은 성사가

---

* 모어는 각주에서 진실한 기독교 공동체는 수녀원과 수도원을 말한다고 했다.

무엇인가를 이해하고, 또한 성사를 받기를 간절히 원했습니다. 지금 그들은 신도 중의 한 사람을 신부로 삼는데, 기독교 주교로부터 서품식을 받지 않아도 자격을 갖춘 신부가 될 수 있느냐 없느냐에 대해 열심히 검토하고 있습니다. 아무튼 그들은 신부 후보자를 선출할 것이 확실합니다. 내가 떠날 때까지는 실제로 선출하지는 않았습니다만……

물론 모든 유토피아인들이 기독교를 찬성하는 것은 아닙니다. 많은 유토피아인들이 기독교를 받아들이기를 거부합니다. 그러나 그러한 사람들마저 다른 사람들이 기독교를 선택하는 것을 방해하려고 하지는 않으며, 또한 기독교를 택한 사람을 공격하지도 않습니다. 내가 그곳에 있을 때, 기독교 신도 중의 한 사람이 말썽을 부린 일이 있습니다만……. 그는 영세를 받자마자 우리가 하지 말라고 충고하였음에도 불구하고 기독교 신앙에 대해 공개적인 전도를 시작했지요. 그는 조심스럽게 하지 않고 좀 과하게 행동했어요. 결국 그는 너무 열성을 보인 나머지 기독교의 탁월성을 주장하는 데 그치지 않고, 다른 모든 종교를 비난하기까지 했습니다. 즉, 그는 다른 종교는 모두 미신이며, 이러한 종교를 믿는 자는 흉측한 괴물이며, 영원히 지옥의 불 속에 떨어져 천벌을 받을 운명에 놓일 것이라고 소리를 높여 외쳤던 것입니다. 얼마 동안 그가 이와 같이 떠들어대자, 그는 체포되어 신을 모독한 죄가 아니라 공공질서 문란죄로 기소되었습니다. 그는 유죄로 인정되어 나라 밖으로 추방당했습니다. 유토피아 헌법의 가장 오래된 원칙은 종교적 관용이었기 때문입니다.

이 법률은 유토포스가 정복을 감행하던 때에 제정한 것입니다. 당시 유토피아에서는 종교에 대한 논쟁이 끊임없이 일었습니다. 그는 끝없는 논쟁과 화해를 모르는 반목이 사회질서를 완전히 파괴하는 것을 그는 보았습니다. 그러므로 유토포스는 승리하자 누구에게나 신앙의 자유를 보장했으며 합리적인 토론에 의해 온건한 전도를 한다면, 다른 사람을 자기가 믿는 종교를 믿게 만들거나 개종시켜도 좋다는 법을 제정했습니다. 그러나 다른 사람을 설득하지 못했을 경우에는 다른 종교를 심하게 비난하거나 폭력을 행사하거나 말다툼을 하는 것을 허락하지 않았습니다. 종교 논쟁에 있어서 지나치게 공격적인 경우에 대한 일반적인 형벌은 국외로 추방하거나 노예를 만드는 것입니다.

그는 신앙의 자유를 보장하는 것이 사회의 안녕을 위해서만이 아니라, 종교 자체에도 이익이 될 것이라고 생각했습니다. 그는 어느 종교가 옳다고 규정하지는 않았습니다. 신은 여러 가지 다른 방식으로 숭배받기를 원하고, 사람에 따라서 믿는 바가 다를 수 있으나 다른 사람에게 자기 자신의 특정한 종교를 믿도록 강요하는 것은 어리석고 오만한 행위라고 유토포스는 생각했습니다. 그는 비록 진실한 종교는 단 하나밖에 없고 다른 종교는 모두 거짓이라 하더라도, 이성에 입각하여 검토하면 진리는 궁극적으로 그 자신의 힘으로 승리를 거둘 것이라고 확신했습니다. 그러나 만일 무력에 의해 좌우된다면, 가장 훌륭하고 가장 숭고한 종교는 마치 곡식보다 가시덤불이 더 잘 자라듯이 가장 망령된 미신에 의해 밀려나게 될 것입니다. 가장 간악한 사람은 가장 완고하기 마련이기 때문입니다.

그러므로 유토포스는 종교의 선택은 개개인이 그 자신의 신념에 따라 결정해야 할 자유로운 문제로 남겨 놓았습니다. 단지 그는 영혼은 육신과 함께 죽는다든지, 우주는 섭리의 지배를 받지 않고 맹목적으로 움직인다든지 하는 인간의 존엄성과 양립될 수 없는 그런 종류의 신앙은 엄하게 금지했습니다. 그래서 유토피아인들은 사후에 포상과 처벌을 받는다는 것을 확신하게 된 것입니다. 그들은 이와 같이 생각하지 않는 자는 자신의 불멸의 영혼을 짐승과 동일한 것으로 격하시킨 것과 마찬가지여서 인간으로 존중받을 수 없다고 여겼습니다. 그러한 사람은 유토피아 시민이라고 할 수 없다고 생각했습니다. 유토피아인들은 이러한 사람은 유토피아의 생활 방식에 진심으로 동의하지 않을 것이라고 여깁니다. 그들은 단지 처벌이 겁나서 겉으로만 순종하는 데 지나지 않는다는 것입니다. 법의 처벌 이외에는 아무것도 무서워하지 않고, 사후에 대한 희망을 전혀 갖지 못한 사람은 자기 자신의 개인적 이익을 도모하기 위해 언제나 그 나라의 법망을 벗어나거나 법률을 침해하려고 획책하기 쉽다고 생각합니다. 따라서 이러한 교리에 동의하는 자는 명예를 얻지 못하고 공공기관에서도 임명되지도 못하며, 공공 기관에서 일하지도 못합니다. 사실 이러한 사람은 유토피아에서 일반적으로 가장 경멸해야 할 사람으로 간주됩니다.

그러나 그렇다 해도 그런 사람들이 처벌을 받는 것은 아닙니다. 신앙에 대해 죄를 물을 수는 없다고 보기 때문입니다. 유토피아인들은 실제로 위선은 사기와 동일하다고 생각하고, 위선을 몹시 싫어하기 때문에, 이러한 자들을 협박해서 자기의 견해를 감추도록 만들기 원하지 않습니다. 그렇지만 이러한 자들이 공개적으로 자신의 신앙을 변호하는 것은 불법입니다. 그러나 신부 또는 지식인과 개인적인 토론을 하는 것은 허용될 뿐 아니라 적극적으로 장려합니다. 유토피아인들의 이러한 환상은 결국 이성에 굴복하고야 만다고 확신하고 있기 때문입니다.

이러한 유물론자들과는 정반대의 의견을 갖고 있는 유토피아인(실제로 상당수에 달합니다)도 있습니다. 물론 이들을 억제하는 법률은 없습니다. 그들은 그들 나름대로의 이유를 갖고 있고, 또한 이러한 주장을 하는 사람들 자신은 매우 근엄하기 때문입니다. 이 사람들은 동물도 인간의 영혼보다 열등하기는 하지만 불멸의 영혼을 갖고 있으며, 인간보다 저급하기는 하지만 행복에 도달할 수 있다고 믿습니다. 무한한 행복이 인간을 기다리고 있다고 실제로 믿기 때문에 병이 든 것을 슬퍼하기는 하더라도 죽음을 비탄하는 사람은 하나도 없습니다. 물론 당사자가 죽기를 싫어하고 무서워할 경우에는 다르지만……. 유토피아인들은 죽기 싫어하는 것에 대해 그것을 나쁜 징조라고 여깁니다. 그 영혼이 자신의 죄를 알고 있고, 따라서 막연하게나마 닥쳐올 처벌을 예감하기 때문에 죽음의 공포가 생긴다는 것입니다. 게다가 그들은 신의 부름을 받고 기꺼이 달려오지 않고, 억지로 끌려오는 사람을 신이 반가이 맞아 주지는 않을 것이라고 생각합니다. 그래서 그들은 이러한 죽음을 보면 전율을 금치 못하고 침통한 침묵을 지키며 장례식을 치릅니다. 그들은 다만,

"신이여, 이 영혼을 불쌍히 여기시고 그의 무력함을 용서

하여 주소서."
라고 말할 뿐입니다. 그러고 나서 시체를 묻습니다.

그러나 쾌활하고 낙천적인 기분으로 죽은 사람에 대해서는 아무도 슬퍼하지 않습니다. 그들은 장례식에서 찬송가를 부르며 죽은 사람의 영혼을 친절히 신에게 맡기는 것입니다. 마지막으로 그들은 슬퍼한다기보다는 오히려 존경하는 마음의 예로서 시체를 화장하고, 그 자리에 비명을 새긴 비석을 세웁니다. 그러고 나서 그들은 집으로 가서 고인의 인격과 생애에 대해 이야기하는데, 그들이 가장 유쾌한 마음으로 떠올리는 것은 고인이 행복한 심정을 갖고 죽었다는 것입니다. 이와 같이 고인의 훌륭한 성품을 회상하는 것이 살아 있는 사람들에게 똑같은 덕을 권장하고, 고인을 즐겁게 해주는 최상의 방법이라고 여기고 있습니다. 고인은 비록 사람의 눈에 보이지는 않지만, 이러한 이야기를 그들 옆에서 듣고 있다고 믿는 것입니다. 결국 완전한 행복에는 완전한 행동의 자유가 포함됩니다. 죽었다고 해서 생전에 서로 아주 친밀하던 친구들을 보고 싶은 감정이 사라지는 것은 아닙니다. 반대로 유토피아인들은 선량한 사람의 애정은 다른 모든 좋은 것들과 마찬가지로, 죽음에 의해서 줄어드는 것이 아니라 오히려 늘어난다고 믿습니다. 그들은 고인은 살아 있는 사람을 자유로

이 찾아다니며 살아 있는 사람의 언행을 일일이 지켜본다고 믿고 있습니다. 사실 그들은 고인들을 거의 수호신처럼 여기는데 그렇기에 그들은 문제를 해결할 때에 보다 큰 확신을 가질 수 있고 선조가 함께 있다는 생각 때문에 남몰래 나쁜 짓을 하지도 않는 것입니다.

유토피아인들은 다른 나라에서는 존중되고 있는 일, 곧 길조, 흉조를 가리는 일, 점을 치는 일, 기타의 온갖 미신에 대해서는 관심이 없습니다. 그들은 이러한 미신을 농담으로 생각합니다. 그러나 그들은 자연에서 원인을 찾아볼 수 없는 기적에 대해서는 대단한 존경심을 갖는데, 그것이 신의 존재와 권능의 증거라고 생각하기 때문입니다. 그들은 유토피아에서는 이러한 기적이 자주 일어난다고 말합니다. 실제로 위기에 직면하면 전 국민이 기적을 기원합니다. 그들의 신앙은 매우 독실하기 때문에 때로 그들이 기원이 이루어지기도 합니다.

대부분의 유토피아인들은 그들이 자연을 연구하고, 그 자연을 창조한 신을 찬양하는 일을 통해 신을 즐겁게 만들 수 있다고 생각합니다. 그러나 상당수의 사람들이 종교에 몰두하여 지식 탐구를 소홀히 하고 있습니다. 그러한 사람들은 과학에는 흥미가 없습니다. 그들은 사후의 행복을 얻는 길은 오직 선행에 일생을 바치는 것이라고 믿기 때문에 과학에 흥미를 가질 시간적 여유가 없는 것입니다. 어떤 사람은 환자를 돌보고, 어떤 사람은 길을 고치거나 다리를 수리합니다. 또 어떤 사람은 잔디·모래·돌을 파내거나, 나무를 잘라 내서 켜거나, 재목·곡식 따위를 도시로 운반하는 일을 합니다. 그들은 노예처럼 살며 노예보다 더 심한 노동을 하는데, 사회를 위해서 뿐만 아니라 개인의 일도 열심히 도와줍니다. 흔히 너무 고되기 때문에, 또는 그러한 일을 싫어하거나 도저히 불가능한 일로 여겨서 기피하는, 거칠고 더럽고 어려운 일을 기꺼이 맡아서 합니다. 이렇게 그들은 쉬지 않고 일함으로써 다른 사람들을 쉬게 합니다. 그렇다고 그들이 보수를 받는 것은 아닙니다. 그들은 다른 사람들의 생활 태도를 비난하지 않고, 자신들의 생활 태도를 자랑하지도 않습니다. 그러므로 그들이 열심히 일하면 일할수록 다른 모든 사람들은 그들을 더욱더 존경하게 되는 것입니다.

그들은 두 파로 갈라집니다. 그 가운데 한 파는 독신주의를 신봉합니다. 이 파에 속하는 사람들은 여자와 성관계를 전혀 갖지 않을 뿐 아니라, 소·돼지 등의 고기도 먹지 않으며, 어떤 사람은 짐승의 고기는 무엇이든지 먹지 않습니다. 그들은 현세에서의 모든 쾌락을 모두 죄악이라고 여기며 거부하고 오로지 내세만을 중시합니다. 열심히 일하고 잠을 자지 않음으로써 내세의 안락을 얻으려고 하는 것입니다. 그러나 어느 날인가는 내세에 이르리라는 희망 때문에 그들은 언제나 생기를 잃지 않습니다.

또 다른 파는 중노동은 중시하지만, 결혼에는 찬성합니다. 그들은 결혼이 주는 위안을 경시해서는 안 되며, 자손을 낳은 것은 자연과 국가가 부여한 의무라고 생각하는 것입니다. 그들은 그것이 노동을 방해하지 않는 한 쾌락에도 반대하지 않습니다. 원칙적으로는 그들은 육식을 합니다. 고기를 먹으면 더 열심히 일할 수 있다고 생각하기 때문입니다. 유토피아인들은 일반적으로 후자에 속하는 사람들이 전자에 속하는 사람보다 더 현명하다고(물론 전자에 속하는 사람들이 더 경건하기는 하지만) 생각합니다. 전자에 속하는 사람들이 그들의 행동을 이성으로 합리화시키려고 하면 비웃음을 받게 됩니다. 그러나 그들이 그들의 동기가 합리적인 데 있는 것이 아니라 종교적인 데 있음을 시인하면 그들은 대단한 존경을 받게 됩니다. 유토피아인들은 언제나 종교 문제에 대해서는 속단을 하지 않도록 최대의 주의를 기울이기 때문입니다. 이 파에 속한 사람들은 유토피아말로는 부트레스카에*라고 부르는데, 이 말을 대충 번역한다면 종교적 성직자라는 뜻이 됩니다.

유토피아의 성직자들은 남달리 신앙심이 깊으며, 따라서 그 수효가 매우 적습니다. 보통 한 도시에 13명, 한 교회에 1명이 있습니다. 그러나 전시에는 13명 중 7명을 군대와 함께 출전하고, 임시 대행자 7명이 새로 임명됩니다. 군대에 따라갔던 성직자가 돌아오면 그들은 원래의 자리로 복귀하며, 전시 중 임시 대행자로 임명된 정원 외의 인원은 주교(13명 중의 1명에게 이 지위가 부여됩니다) 밑에서 일하다가 정규의 성직자가 사망했을 때 생기는 공석을 차례대로 계승합니다.

성직자는 전 시민에 의해 선출됩니다. 선거는 모든 공직과 마찬가지로 압력 단체의 형성을 방지하기 위해서 비밀투표로 시행되며, 후보자가 선출되면 성직자 회의에서 임명됩니다. 성직자는 예배를 주관하고, 교회 사무를 관장하며, 사회도덕을 감독할 책임을 집니다. 나쁜 짓을 하고 종교 재판정에 불려나가거나, 또는 성직자의 비난을 받는 것은 매우 큰 불명예가 됩니다. 물론 범죄에 대한 실제적인 억제와 처벌은 시장과 기타의 공무원이 처리합니다. 성직자는 단지 충

---

* 부트레스카에(Buthrescae)는 'threskos(종교적, 또는 미신적)'이라는 말에 'bou(거대하다는 뜻을 나타냄)'라는 접두어를 붙여 만든 말, '지나친 신앙을 가진 사람들'이라는 뜻. 본문에서 풍자적으로 사용되고 있다.

고나 경고를 줄 뿐입니다. 그러나 성직자는 반성하고 변화하지 않는 범죄자에 대해 파문을 할 수 있는데, 파문보다 더 두려운 형벌은 없습니다. 파문된 자는 그 명예가 전적으로 훼손될 뿐 아니라 신의 복수가 두려워서 공포에 떨게 됩니다. 그의 신체적 안전도 위협을 받습니다. 파문된 자가 개심을 했다는 것을 성직자가 빨리 인정해 주지 않으면, 파문된 자는 체포되어 불경죄로 의회의 처벌을 받게 됩니다.

또한 성직자는 어린이와 청년의 교육에 대해 책임을 집니다. 이들에 대한 교육은 학문적 훈련과 마찬가지로 도덕심을 강조하고 있습니다. 감수성이 예민할 때에 어린이들에게 사물에 대한 올바른 사상, 곧 그들의 사회 제도를 유지하는 데 이로운 사상을 가르치기 위해 성직자들은 최선을 다합니다. 어릴 때에 철저히 몸에 익혀 두면 이러한 사상은 어른이 된 후에도 지속되며, 따라서 국가의 안전에도 크게 도움이 되기 때문입니다. 국가에 대한 위협 중에는 잘못된 사상으로부터 생기는 도덕적 결함보다 더 심각한 것이 없다고 그들은 믿습니다.

남성 성직자에게는 결혼이 허용됩니다. 여자를 성직자로 선출하는 것을 금지하지는 않지만, 여자가 성직자로 선출되는 경우는 거의 없고, 선출된다고 하더라도 나이든 과부로 한정되어 있습니다. 사실 성직자의 아내는 유토피아 사회에서 최고의 지위를 존중받습니다. 성직자보다 더 존경을 받는 공직은 없기 때문입니다. 뿐만 아니라 성직자는 죄를 범하더라도 기소되지 않습니다. 유토피아인은 죄를 범한 성직자를 신과 그의 양심에 맡겨 두는 것입니다. 유토피아인들은 그 성직자가 어떠한 일을 했던 간에 신에게 특별한 제물로 바친 사람에게 인간이 손을 대는 것은 옳지 않다고 생각합니다. 그들은 이러한 규칙을 매우 쉽게 지킬 수 있습니다. 성직자는 극소수인 데다가 신중하게 선출되기 때문이지요. 뛰어난 후보자들 중에서 뽑혔고, 오로지 그의 도덕심 때문에 임명된 사람이 갑자기 악해져서 부패한다는 것은 실제로는 거의 일어나지 않는 일입니다. 그러나 우리는(인간의 기질이란 예측하기 어려운 것이므로) 이러한 가능성을 수긍한다 하더라도, 집행권도 갖지 못한 극소수의 사람들이 사회에 심각한 위험을 끼칠 수는 없는 것입니다. 그들이 수를 제한하는 것은 이러한 명예를 여러 사람에게 부여하면 현재 성직자들이 누리고 있는 높은 권위가 추락될지 모른다는 염려 때문입니다. 특히 그들이 말하는 대로 보통의 덕보다는 훨씬 더 많은 덕이 요구되는, 이러한 자리에 걸맞은 사람을 다수 찾아낸다는 것은 어려운 일입니다.

유토피아의 성직자들은 국내에서와 마찬가지로 해외에서도 존경을 받습니다. 싸움터에서 일어나는 일을 보면 그들이 존경받고 있는 이유와 증거를 알 수 있습니다. 전투가 벌어지고 있을 때, 성직자는 싸움터에서 얼마 떨어지지 않은 곳에 신성한 법복을 입고 꿇어앉아 두 손을 하늘을 향해 쳐듭니다. 그들은 첫째로 평화를 위해 기도하고 다음에 양군이 피를 흘리지 않도록 승리하도록 기도합니다. 유토피아 군대가 승리를 거두면 즉시 성직자는 전쟁터에서 불필요한 모든 폭력을 제지합니다. 그들이 나타나면 적군 병사는 단지 그들을 소리쳐 부르기만 해도 생명을 구할 수 있고, 또 적군 병사가 성직자의 옷자락을 만졌을 때에는 그의 재산도 화를 입는 것을 면제받을 수 있게 됩니다. 따라서 성직자는 어느 나라에서나 존경을 받고 신성한 절대적 권위를 갖고 있어서 적군을 보호해 주고, 때로는 유토피아 군인을 보호해 주기도 하는 것입니다. 잘 알려져 있는 이야기지만, 간혹 유토피아인들이 전면적으로 후퇴하고 학살과 약탈을 감행하고자 적군이 추격해 오는 절망적인 순간에 성직자가 중재하여 학살을 방지할 수 있고, 공정한 평화가 이루어지게끔 역할을 할 수 있는 것입니다. 가장 잔인하고 야만적인 민족 사이에서도 유토피아의 성직자는 신성불가침의 존재로 여겨지고 있습니다.

유토피아인들은 매달 첫째 날과 마지막 날, 그리고 매해 첫날과 마지막 날을 종교적인 축제일로 정하고 있습니다. 그들은 태양의 운행에 따라 해를 가르고, 달의 운행에 따라 달을 헤아리고 있습니다. 그 첫날을 유토피아 말로 키네메르니*라고 부르고 마지막날을 트라페메르니**라고 부릅니다. 다시 말하면 '시작을 위한 축제일'과 '끝을 위한 축제일'이라고 할 수 있습니다.

유토피아의 교회는 외관상 매우 웅장하게 보입니다. 건물이 화려할 뿐 아니라 매우 큽니다. 아시다시피 교회가 극소수밖에 없으므로 많은 인원을 동시에 수용할 수 있도록 지어야 하기 때문입니다. 그런데 교회 안은 어둠침침합니다. 건축가가 잘못 지어서 그런 것이 아니라 처음부터 방침이 그렇게 되어 있다고 유토피아인들은 설명합니다. 너무 밝으면 사람들의 주의력이 산만해지지만, 희미한 빛은 집중적 사고와 종교적 감정을 고양시키는데 도움이 된다는 성직자들의 생각입니다. 물론 만인에게 공통되는 동일한 형태의 종교

---

* 키네메르니(cynemerni)는 'kuon, kuos(개)'와 'hemera(날)'의 합성어. 고대 그리스에서는 그믐밤에는 천지를 다스리는 여신(Hecate)에게 제물로 바치기 위해 음식을 집 밖에 내놓는 관습이 있었다. 이 관습과 개 사이에는 세 가지 점에서 관계가 있다. 개가 짖는 것은 여신이 가까이 온다는 것을 알려주며, 여신 자신도 개를 데리고 다니고, 밖에 내놓는 음식을 개들이 포식한다는 것이다.
** 트라페메르니(trapemerni)는 trepo(회전, 변화)와 hemera(날)의 합성어로 묵은 달이 가고 새 달이 온다는 뜻.

는 존재하지 않습니다. 그러나 여러 가지 종교가 있기는 하지만, 마치 여러 갈래 길로 가더라도 결국 목적지는 같은 것처럼 그 목적은 동일합니다. 곧 신성한 존재를 향한 숭배인 것입니다. 그러므로 그들의 교회에서는 모든 종교에 보편적으로 통할 수 있는 의식과 설교만을 행합니다. 개별적인 종파의 특별한 의식은 집에서 개인적으로 행하며, 공동 예배는 이러한 개인적 의식을 망치지 않는 범위 내에서 행합니다.

따라서 교회에는 어떠한 신상도 비치해 놓지 않았고, 따라서 각자는 자기 나름대로 신의 모습을 자유롭게 그리고 자기가 속한 종교가 최고라고 생각하며, 또 특별한 명칭으로 신을 부르지도 않습니다. 신은 단지 미트라스라고 불리는데, 이 말은 어떠한 신을 믿든 간에 최고신을 나타내는 데 개개인이 사용하는 일반 명칭에 지나지 않습니다. 마찬가지로 자기 자신의 특별한 신앙에 대한 선입견 없이 회중 모두가 참여할 수 있는 기도만이 허용됩니다.

'끝을 위한 축제일'에는 하루 종일 단식을 하고, 저녁에 그 해 또는 그 달을 무사히 지내게 해준 신에게 감사드리고자 교회에 갑니다. 다음날(이날은 '시작을 위한 축제일'입니다)에는 그들은 아침에 교회에 모여서 방금 시작된 한 해, 또는 한 달 동안 행복과 번영이 깃들기를 기도합니다. 그러나 '끝을 위한 축제일'은 교회로 가기 전에 집에서 아내는 남편 앞에, 자녀는 양친 앞에 무릎 꿇고 앉아서 그 동안의 게으름과 죄를 낱낱이 고백하고 용서를 빕니다. 이렇게 해서 가정의 분위기를 어둡게 했던 일체의 먹구름을 제거하고 누구나 아주 맑은 마음으로 신성한 예배에 참석합니다. 맑지 못한 마음으로 예배에 참석하는 것은 신을 모독하는 행위로 간주됩니다. 그러므로 다른 사람에게 노여움이나 원한을 품은 사람은 화해를 해서 불유쾌한 감정이 가실 때까지는 교회에 나가지 않습니다. 그렇지 않으면 즉각 엄중한 처벌이 내려질 것이라고 그들은 두려워합니다. 그들은 교회에 들어가서 남자는 오른쪽으로, 여자는 왼쪽으로 가는데, 각 가정의 남자는 그 집안의 가장 나이 많은 남자 어른의 앞에 앉고 또 가장 나이 많은 여자 어른은 각 가정의 여자들 뒤에 앉아서 지켜줍니다. 이와 같이 해서 가정교육을 책임지고 있는 사람들은 가족 각자의 공개석상에서의 행동을 관찰할 수 있는 것입니다. 나이 어린 사람들은 나이 많은 사람과 섞여 앉도록 세심한 배려를 합니다. 어린이들끼리 몰려 앉으면 선행에 대한 유일한 자극은 아닐지라도 가장 강력한 자극인 종교적 외경심을 배워야만 할 때에, 어린이들이 교회 안에서 쓸데없는 일에 몰두해 시간을 낭비해 버릴 우려가 있다는 것입니다.

그들은 제물로 동물을 결코 바치지 않습니다. 그들은 자혜로운 신이 도살이나 피를 즐긴다고 생각하지 않습니다. 신은 자신의 창조물이 살아서 활동하기를 원하므로 창조물에게 생명을 부여한 것이라고 그들은 말합니다. 그러나 그들은 여러 가지 향료를 태우고 촛불을 많이 켜 놓습니다. 물론 그들은 향료나 촛불 따위는 신성한 존재에게 아무런 쓸모가 없음을 알고 있지만, 이러한 제물이 해가 되지는 않는다고 생각하며 또한 향료의 향기, 촛불의 빛, 기타 의식은 경건한 마음을 불러일으켜 더욱 진지하게 예배를 드릴 수 있게 만든다고 생각하기 때문입니다.

신도는 흰옷을 입고 성직자는 솜씨가 훌륭해 보이는 알록달록한 법복을 입습니다. 그러나 법복은 값싼 천으로 만든 것입니다. 이 법복은 금실로 짰거나 진기한 보석으로 장식한 것이 아니며, 오직 여러 가지 새의 털로 장식을 했을 뿐입니다. 법복의 예술품으로서의 가치는 값진 재료를 사용해서 만든 세계의 어떤 예술품보다도 큽니다. 또한 새털은 신성한 진리를 상징하는 특별한 문양에 따라 짜 넣습니다. 성직자들은 이 상징의 의미를 자세하게 가르쳐 줍니다. 이 상징들은 신도에 대한 신의 사랑, 신에 대한 그들의 의무, 그리고 신도 상호간의 의무를 신도들에게 일깨워 주기 때문입니다.

이러한 법복을 입고 성직자가 지성소에서 나타나는 순간, 신도는 모두 교회 바닥에 엎드려서 경의를 표하고 교회 안은 침묵으로 가득 찹니다. 정말로 신이 나타나기라도 한 듯이 엄숙해지는 것입니다. 몇 분 후, 성직자는 신도들에게 일어나라는 손짓을 합니다. 그러면 신도들은 악대에 맞추어 찬송가를 부릅니다. 그런데 그들의 악기는 유럽의 악기와는 판이합니다. 이 악기들은 대체로 유럽의 악기보다 소리가 듣기 좋습니다. 물론 유럽의 악기와는 비교도 할 수 없는 것이 몇 가지 있기는 하지만……. 그러나 한 가지 점에서는 분명히 유럽의 악기보다 앞서 있습니다. 성악이든 기악이든 그들의 음악은 놀라울 만큼 자연적인 감정을 표현하고 있습니다. 주제가 기도든, 환희든, 흥분이든, 냉정이든, 슬픔이든, 분노든, 어떤 때를 막론하고 그 곡조는 음과 감정이 일치해서 적절한 감정을 정확히 표현하고 있는 것입니다. 그러므로 청중의 마음속 깊이 스며들어 영감을 불러일으킵니다.

예배는 성직자와 신도가 정해진 기도문을 외우는 것으로 끝납니다. 이 기도문은 회중이 함께 외면서도 각자가 각자 자신을 위해 기도하는 것처럼 느끼도록 작성되어 있습니다. 기도문은 다음과 같습니다.

"주여, 저는 당신이 나를 창조하시고 지배하시며, 모든 훌륭한 것이 당신으로부터 나온다는 것을 믿습니다. 저는 당신의 은총에 감사합니다만, 그 중에서도 가장 행복한 사회에 살면서 가장 진실한 종교를 믿게 해주신 데 대하여 감사드립니다. 만일 제 생각이 잘못된 것이라면, 만일 당신의 마음에 드시는 더 좋은 종교나 사회 제도가 따로 있다면 당신의 은총으로 저에게 알려주옵소서. 그러시면 저는 어디든 따르겠나이다. 그러나 만일 우리의 제도가 진실로 최상이고, 우리의 종교가 최선이라면, 저로 하여금 사회와 종교에 성실하도록 해주시고, 또한 현재 여러 가지 종교가 있는 것이 당신의 깊은 뜻이 아니라면 다른 인류들도 같은 생활 방식과 같은 종교적 신앙을 갖도록 인도해 주소서. 당신은 나를 당신 곁으로 부를 때, 행복한 죽음을 허락해 주소서. 죽음을 일찍 주시기를 빌거나, 또는 더 오래 살기를 비는 것은 아닙니다. 그러나 만일 당신의 뜻이라면, 저는 이 세상의 삶이 아무리 즐겁고 죽음이 아무리 고통스럽더라도, 당신과 멀리 떨어져 있기보다는 당신 곁으로 가기를 바라겠나이다."

이 기도를 마친 다음에 그들은 다시 몇 분 동안 교회 바닥에 엎드렸다가 일어나 점심을 먹으러 갑니다. 나머지 시간은 오락과 군사 훈련으로 보냅니다.

자, 이것이 내가 유토피아 공화국에 대해서 말할 수 있는 가장 정확한 설명입니다. 내 생각으로는 유토피아는 세계에서 가장 좋은 국가일 뿐 아니라, 공화국*이라고 부를 수 있는 유일한 국가이기도 합니다. 다른 나라 사람들은 늘 공공의 이익을 말하지만 실제로는 개인의 이익만을 추구하고 있습니다. 그러나 유토피아에서는 사유재산이 없기 때문에 사람들은 사회에 대해 열성을 기울입니다. 다른 나라에서는 나라가 아무리 번영하고 있다고 하더라도 자기가 자기 자신의 이익을 돌보지 않으면 굶어 죽게 된다는 것을 사실상 누구나 알고 있습니다. 그러므로 그는 사회의 이익보다 자기 자신의 이익을 우선시키지 않을 수 없는 것이 당연합니다. 그러나 유토피아에서는 모든 것이 공공 소유로 되어 있기 때문에 공동 창고가 가득 차 있는 한, 결핍의 공포는 없습니다. 누구나 공정한 분배를 받기 때문에 가난한 사람이나 거지가 있을 수 없습니다. 사유재산을 가진 사람은 하나도 없으나, 누구를 막론하고 부자인 것입니다. 이러한 나라에서 마음의 평화, 불안으로부터의 해방보다 더 큰 재산이 있겠습니까? 그들은 식량을 걱정하거나 아내의 애처로운 투정을 듣고 마음이 상하거나 딸의 지참금을 마련하기 위해 애쓸 필요가 없고, 그나 그

---

* 모어의 시대에는 베니스를 제외하고는 공화국을 자칭하는 나라가 거의 없었다.

의 아내나, 그의 자식, 손자, 증손자, 고손자, ……자손이 번성한 집안에서 바라는 대로, 대가 이어지더라도 항상 먹을 것이 충분하며, 언제나 행복할 것임을 확신할 수 있습니다. 또한 나이가 들어 일을 못 하게 되더라도 아직 일하고 있는 사람들과 마찬가지로 장래가 보장됩니다.

그렇다면 누가 감히 유토피아의 공정한 제도를 다른 나라의 정의와 비교할 것입니까? 나는 다른 나라에서 정의나 공정을 조금이라도 본 적이 없습니다. 다음과 같은 일들을 어떻게 정의라고 부를 수 있습니까? 귀족이나 금세공업자*나 고리대금업자는 전혀 일을 하지 않거나, 일을 하더라도 도움이 되지 않는 일만 하는데도 사치스럽고 풍부한 생활이 보장되고 있습니다. 그러나 노동자, 마부, 목수, 농부는 황소처럼 끊임없이 온갖 일을 하고, 게다가 꼭 필요한 일만 하므로 만일 그들이 일을 멈추면 어떤 나라든 일 년 안에 망해 버릴 것입니다. 그런데 그들은 어떻게 지냅니까? 그들은 제대로 먹지도 못하고, 황소가 오히려 그들보다 더 잘 지낸다고 해도 좋을 만큼 비참한 생활을 하고 있습니다. 적어도 황소는 사람들처럼 장시간 일하지 않아도 되며, 먹이도 아주 나쁘지

---

* 르네상스 때부터 영국의 왕정 복고시대(1660년)까지는 금세공업자가 은행가의 역할을 하며 경제를 장악하였다.

는 않아 먹이를 즐기기도 하고, 게다가 장래를 걱정할 필요도 없는 것입니다. 사정이 이와 같기 때문에 노동자나 마부나 목수나 농민은 보답 없는 노동에 허덕거릴 뿐 아니라, 가난에 지쳐 있을 노후를 몹시 염려합니다. 그들의 하루 임금은 장래를 위해서 저축할 만큼 여유가 있기는커녕 그날그날 목숨을 이어가는 데도 부족할 지경인 것입니다.

전적으로 비생산적이거나 사치품 또는 오락품을 만드는 데 사람을 쓰는 것이 고작인 소위 귀족, 금세공업자 따위에게는 많은 보상을 아낌없이 주면서 농부나, 석탄 운반 노동자, 마부, 목공 등, 이들이 없으면 사회가 존립할 수 없는 사람들을 위해서는 친절한 배려를 하지 않는 사회 제도가 공정하다고, 정의롭다고 할 수 있겠습니까? 이러한 사람들이 늙고 병들어 완전히 가난해지면 비참함은 절정에 달합니다. 그들이 젊었을 때에는 실컷 부려먹다가 늙고 병든 지금에 이르러서는 그들이 밤잠을 안자고 봉사한 것은 까맣게 잊어버리고, 또 그들이 필요한 일은 무엇이든지 해준 대가로 비참한 가운데서 죽게 내버려 두는 것입니다. 그뿐만이 아니라 부자들은 개인적인 부정에 의해서만이 아닌 공공의 입법까지 동원해서 가난한 사람들의 비참한 임금을 깎아 내리고 있습니다. 마치 사회에 가장 많은 기여를 하는 사람에게 최소한의 보상을 하고 있는 기존의 불공평 정도로는 모자란다는 듯이, 부자들은 불공평을 더욱 조장하고 심지어는 부정을 법적으로 정의라고 규정하기까지 하는 것입니다.*

사실 나는 현재 세계에 퍼져 있는 사회제도를 생각할 때, 참으로 슬픈 일이지만, 부자들이 사회 조직이라는 구실 하에 자기네들의 이익을 증진시키고 있는 음모 이외에는 아무것도 인정할 수가 없습니다. 부자들은 첫째로 부정하게 획득한 재산을 안전하게 유지하기 위해서, 둘째로는 가난한 사람들의 노동력을 최대한 싸게 사서, 가난한 사람들을 착취하기 위해서 온갖 사기와 잔재주를 고안해 냅니다. 부자들이 이러한 사기와 잔재주를 사회가(여기에는 부자와 마찬가지로 가난한 사람도 포함되어 있습니다) 공인하도록 만들어야겠다고 작정하면 곧 법률이 됩니다. 이런 식으로 파렴치한 소수가 그칠 줄 모르는 탐욕을 채우기 위해 전 국민의 수요를 공급하고도 남을 것을 독점하고 있는 것입니다. 그런데 유토피아에서는 이러한 사람들조차도 더 행복하게 살 수 있는 것입니다. 유토피아에서는 돈과 돈을 벌려는 열망이 동시에 사라졌기 때문에 기타의 많은 사회 문제가 해결되었고, 많은

---

* 영국에서 1495~1496년 및 1515년에 통과된 노동자 분한법(分限法)을 풍자하고 있다. 이 법은 노동자에게는 가혹한 대신 고용자에게는 관대했다.

범죄가 근절되었습니다. 금전 사용의 종말은 매일의 처벌도 저지하지 못하는 온갖 범죄 행위, 곧 사기, 절도, 강도, 언쟁, 난동, 쟁의, 반란, 살인, 배신, 독살 등의 종말을 의미함이 분명하기 때문입니다. 그리고 돈이 폐지되는 즉시로 공포, 긴장, 불안, 과로 모든 것이 사라질 수 있습니다. 또한 해결책으로 언제나 돈이 필요한 빈궁이라는 문제도 돈이 존재하지 않게 되면 곧 사라져 버립니다.

이 점을 좀 더 자세히 살펴보겠습니다. 흉년이 들어서 수천 명이 굶어 죽던 해를 생각해 보십시오. 그런데 흉년이 든 해의 연말에 가서 부잣집 창고를 샅샅이 뒤지면, 영양실조와 질병으로 생명을 잃는 사람을 먹이고도 남을 만한 곡식을 찾아낼 수 있으며, 따라서 기후나 토질이 아무리 나쁘다고 하더라도 참혹한 결과만은 방지할 수 있습니다. 저 축복받은 방해물인 돈이 없었더라면, 누구나 쉽게 충분한 음식을 얻을 수 있을 것입니다. 그렇다면 양식을 더 쉽게 분배할 수 있는 제도가 고안되었을 것입니다. 실제로 양식을 얻기 힘들게 만드는 유일한 방해물은 돈이기 때문입니다.

나는 부자도 이러한 사실들을 모두 잘 알고 있으며, 불필요한 것을 많이 소유하는 것보다는 필요한 것을 무엇이든지 소유하는 것, 곧 거대한 재산으로 바리케이드를 치고 숨는 것보다는 위험 지역으로부터 아주 벗어나는 것이 훨씬 현명하다는 것을 깨닫고 있다고 확신합니다. 그리고 나는 만일 악의 근원이 되는 오만함이 없었더라면 자기 자신의 이익을 위해서, 또는 그리스도의 권유(그리스도는 전지전능하므로 인간을 위해 최상의 것이 무엇인가를 알고 또 자비로우므로 이를 권고해 주었습니다)를 위해서 벌써 옛날에 유토피아의 제도를 채택하게 되었으리라고 믿습니다. 오만은 번영의 기준을 자신의 이익에 두지 않고 남의 비참과 남이 벌지 못하게 만드는 데 두기 때문입니다. 오만은 마구 부려먹으면서도 고생하는 꼴을 즐길 수 있는 비천한 계급이 없거나, 곧 오만의 행복을 빛나게 할 다른 사람의 비참이나 오만의 부를 뽐냄으로써 더 참을 수 없는 것이 되는 다른 사람의 가난이 없으면, 아무리 낙원이라도 들어가려고 하지 않을 것입니다. 오만은 인간의 마음속에서 도사리는 지옥의 뱀처럼(또는 국가라는 배에 달라붙는 빨판상어 같다고 할까요?) 언제나 우리들을 뒤로 잡아당기고, 보다 좋은 생활 방식의 발전을 방해합니다.

그런데 이런 오만은 인간의 천성에 깊이 뿌리박혀 있어서 쉽게 사라지지 않기 때문에, 내가 보편적으로 채택되기를 바라는 제도가 적어도 한 나라에서는 발전되고 있다는 사실에 만족하지 않을 수 없습니다.

유토피아의 생활 방식은 문명사회를 위한 가장 행복한 기반을 이룩하고 있을 뿐 아니라, 인류가 존속하는 한 영원히 지속될 것입니다. 유토피아인들은 야심, 정치적 분쟁 등 모든 사회악의 근원을 제거해 버렸습니다. 그러므로 유토피아에는 많은 난공불락의 도시를 파멸로 몰아넣는 내란의 위험이 전혀 없습니다. 그리고 유토피아가 그들이 가진 건전한 통치제도와 국내의 단결을 잘 유지하는 한, 시기심이 강한 이웃 나라의 왕들이 아무리 침범하더라도, 유토피아의 힘을 약화시키거나 동요하게 만들지는 못할 것입니다. 이웃 나라 왕들은 과거에 여러 번 이와 같은 일을 시도했으나 언제나 번번이 패배하고 말았던 것입니다.

이러한 이야기를 라파엘이 하는 동안 납득이 가지 않는 여러 가지 의문점들이 나의 머릿속을 맴돌았다. 나는 그 나라의 법률과 관습 중에서 불합리한 것이 매우 많다고 생각하였다. 그들의 군사 전략, 종교, 예배 형식도 그렇지만, 특히 유토피아 사회 전체가 기반으로 삼고 있는, 곧 돈을 제거한 상태의 공공 생활은 매우 불합리한 것으로 여겨졌다. 돈을 사용하지 않는 공유 제도는 본질적으로 귀족 정치의 종말을 의미하는 것이고, 따라서 어떤 나라에서나 진정한 영광으로 여겨지는 모든 권위와 고귀함, 존엄성의 종말을 뜻하는 것이기도 했다.

그러나 나는 라파엘이 장시간 이야기를 하느라 피곤해졌다는 것을 알았고, 그리고 자기 자신의 의견과는 상반되는 사람에게 얼마나 관대할지도 의문이 들었다. 그때 나는 다른 사람의 의견을 반박하지 못하면 바보 취급을 받을까봐 염려하는 사람들에 대해 그가 말한 풍자적인 비판을 떠올렸던 것이다. 그러므로 나는 유토피아의 제도에 대해 몇 가지 찬사를 보낸 다음, 그가 흥미 있는 이야기를 들려준 것에 대해 고마움을 표시했다. 그 후 나는 함께 저녁 식사나 하자고 그의 팔을 잡고 집 안으로 들어갔고, 이렇게 덧붙였다.

"유토피아의 제도에 대해 깊이 생각해 보아야겠습니다. 그 다음에 다시 만나 이 문제에 대해 좀 더 오랫동안 토론하기로 하지요."

나는 언젠가 그와 이 문제를 다시 토의하기를 진정으로 희망하고 있다. 라파엘이 학식과 경험이 풍부한 사람임에는 틀림없지만, 나는 그의 이야기에 전적으로 공감하지는 않는다. 그렇지만 나는 유토피아 공화국에는 많은 장점이 있고, 거의 기대할 수 없는 일이기는 하지만, 이러한 장점을 우리들의 나라에서도 본받아 주기를 솔직하게 희망한다.

| 작품 해설 |

상상적으로 실재하는 부재의 공간, 유토피아

오 태 호(경희대학교)

1. 유토피아적 상상력의 개화

주지하다시피 '유토피아'(Utopia)는 그리스어의 '아니다'(ou)와 '장소'(topos)를 합성해 만든 단어이다. 즉, '아무 데도 없는 공간'(nowhere)이라는 의미이다. 뿐만 아니라 '좋은'(well)을 의미하는 '유(eu)'와 '장소'를 의미하는 토피아(topia)의 합성어로서 '좋은 장소'라는 의미의 '유토피아'(eutopia)로도 해석될 수 있는 양가성을 띤다. 그러므로 과거 행복했던 인류의 유년시절을 상상하는 공간으로도 해석할 수 있다. 이렇듯 유토피아는 공상적 이상향의 대명사다. 상상적으로만 가 닿을 수 있는 곳이 그곳이고, 사유재산제가 사라지고 공유재산제가 시행되고 있는 위험한 정치적 공동체가 그곳이기 때문이다. 그리하여 유토피아는 현실적 공간이기보다는 낭만적 이상주의자들이 꿈꾸는 불온한 '상상의 국가'라는 인식이 통념화 되어 있다. 그러나 현실을 더 나은 진보적 미래로 견인하기 위한 원동력이 바로 그 유토피아적 상상력에 있음은 주지의 사실이다.

영국의 정치가이자 인문주의자인 토머스 모어는 1478년 런던의 법률가인 존 모어의 아들로 태어난다. 유년 시절 캔터베리 대주교인 존 모턴을 섬기고 나중에 옥스퍼드대학에 입학하지만, 아버지의 요구로 중퇴한 뒤 법률가가 되기 위해 '링컨 법학원'에 입학한다. 재학 중에 유럽 대륙의 르네상스 문화운동의 영향을 받는다. 이후 변호사와 외교관으로 활동하다 1515년 통상 문제로 네덜란드에 건너간 일을 토대로 이듬해인 1516년『유토피아』를 출간한다. 탁월한 수완과 식견으로 헨리 8세의 신임을 얻어 1529년 대법관에 임명되었으나, 왕의 이혼 문제에 끝내 동의하지 않다가 1532년 관직에서 물러난다. 결국 1534년 반역죄로 런던탑에 갇혔다가, 1535년 사형이 집행되어 교수형에 처해진다. 그의 사후 400년이 지난 1935년, 로마 교황은 그에게 '성인'의 칭호를 부여한다.

57세로 비극적 생을 마감한 토머스 모어의 정치적 공상소

설인 『유토피아』는 1516년 라틴어로 쓰여진 텍스트이다. 라파엘로부터 들은 '유토피아'의 제도와 풍속 등을 기록한 이 책은 당대적으로는 당시 영국사회를 중심으로 한 유럽 사회의 병폐를 비판하였으며, '유토피아 공화국'에 대한 내용을 중심으로 사유재산 제도의 맹점을 비판하면서 새로운 사회의 제도를 수용해야 함을 역설한다. 16세기 초에 출간된 이 책은 르네상스기의 인문주의적 정신을 반영하고 있으며, 기독교에 입각한 종교적 다원주의, 전쟁을 반대하는 평화주의, 노동시간의 축소, 사유재산의 병폐 제거 등을 주장하고 있다. 즉 『유토피아』는 중세 봉건적 사회질서에서 근대적 사회질서로 옮겨가는 과도기적 상황에 대한 성찰과 비판을 중심에 놓고 있다.

500년 가까운 시간이 흐른 뒤 초강대국 미국의 독점적 지위가 흔들리고 중국이 세계 체제의 한 축을 담당하는 세계 체제 재편기에 『유토피아』를 읽는 것은 자본주의와 사회주의 너머를 모색하는 행위에 해당한다. 신자유주의 시대의 초국적 자본이 장악한 세계사적 현실 너머 새로운 사회에 대한 상상력을 작동할 것을 요구하고 있는 것이다. 그리고 지금 이 순간 우리가 상상하고 있는 '실현 가능할 유토피아'는 모어가 상상했던 '유토피아'처럼 당면한 현실 사회의 부조리와 병폐를 극복할 또 하나의 비전으로 생성될 여지가 충분하다.

2. 소설적 장치로서의 편지 두 통

『유토피아』는 '2통의 편지'와 제1부, 제2부로 구성되어 있다. 제1부에서는 사회 현실에 맞지 않는 엄격한 법률, 타인의 노동으로 살아가는 다수의 귀족, 전쟁을 좋아하는 군주, 양털 가격의 상승으로 농촌이 황폐해지고 목장만 확대해가는 독과점적인 지주의 행태, 사유재산제도의 병폐 등을 비판한다. 제2부에서는 라파엘이 5년간 체재하면서 경험한 '상상의 공화국' 유토피아 섬의 도시, 인간, 풍습, 세태, 생활, 제도, 법률 등을 기록한다.

본문 내용에 앞서 등장하는 두 통의 편지는 일종의 서사적 장치로서 유토피아의 실재성을 강조하기 위한 도입부에 해당한다. 먼저 첫 번째 편지인 「모어가 피터 자일즈에게 보낸 편지」에서 모어는 유토피아 공화국에 대한 책을 보내는 것이 '부끄러운 마음'이라며 글을 시작한다. 책 집필에 1년 이상 걸렸고 주제와 형식을 선택하는 데에 어려움을 느꼈던 것이다. 하지만 자신의 작업이 라파엘의 이야기를 그대로 되풀이한 것에 해당한다면서, 단순하고 즉흥적인 라파엘의 표현 방식을 따르는 것이 이야기의 진실에 가까워지는 것이었기 때문이라고 고백한다.

그러면서 모어는 피터에게 완성된 텍스트인 『유토피아』를 읽어 보고 자신이 빠뜨린 부분이 있다면 알려달라고 말한다. 이야기의 신빙성을 높이기 위해 자신의 기억과 조수의 기억, 피터 씨의 기억을 대조하고자 하는 것이다. 이를 테면 유토피아의 수도를 가로지르는 아니드루스 강의 다리 길이가 5백 야드여야 하는지 2백 야드여야 하는지에 대한 피터의 의견을 개진해 달라는 것이다. 그리고 유토피아가 자리한 신세계의 위치를 라파엘이 말해 주지 않았기에 그것을 확인해야 한다고 말한다. 그 섬이 어느 바다에 있는지도 모르면서 썼다는 것이 바보처럼 생각될 수도 있고, 그 섬에 가 보기를 원하는 1~2명의 영국인이 있기에 지리적 위치를 보충할 수 있기를 바란다고 덧붙인다. 특히 '경건한 신학자'가 유토피아를 방문하고자 열망하고 있는데, 단순한 호기심 때문이 아니라 그 섬에 소개된 기독교의 성장을 확인하기 위해 가고자 한다는 것이다.

모어는 자신의 책이 라파엘에게 전달되기를 바란다면서 자신의 유토피아 이야기가 서투르게 공개되는 것에 우려를 표명한다. 그러면서 무지몽매한 독자와 권위적인 비평가들의 일방적이고 편협한 시각에 대한 불편함을 토로한다. 그리고는 무례한 손님 같은 독자들의 태도를 우려하면서 피터가 라파엘과 접촉한 이후 이 책을 출간하겠다는 의지를 피력한다. 결국 첫 번째 편지는 『유토피아』의 출간 경위가 되는 셈이다.

두 번째 편지는 「바스라이덴에게 보낸 피터의 편지」이다. 피터가 모어의 원고와 편지를 받은 뒤 당대의 석학이자 인문학자인 바스라이덴에게 추천사를 부탁하는 이야기가 덧붙여진다. 피터는 『유토피아』가 플라톤의 『공화국』을 뛰어넘는 저작이라고 상찬한다. 더구나 유토피아 제도를 경험한 라파엘이 들려준 이야기보다 더욱 선명한 이미지로 새겨졌다고 피력한다. 물론 라파엘의 경험이 율리시즈보다 광범한 세계의 경험과 베스푸치의 견문을 뛰어넘는 것임을 강조한다.

그리고 모어가 라파엘의 이야기를 그림 같이 정확히 묘사함으로써 피터 자신이 유토피아에 살고 있는 듯한 인상을 품게 되었다고 진술한다. 피터는 라파엘이 5년 동안 생활하면서 견문한 것 이상을 배웠는데, 모어가 초인적이고 경이적인 재주로 자신의 정확한 기억력뿐만 아니라 사회악이 지닌 현실적이고도 잠재적인 원인을 파악해내는 재주, 문체의 유려한 힘, 정확하고 힘찬 라틴어 능력을 선보였기 때문이다. 피터는 『유토피아』의 출판이 조속한 시일 내에 성사되기를 바라면서, "학문의 위대한 보호자"이자 '시대의 영광인 인물'인 바스라이덴에게 추천사를 부탁한다.

이렇듯 본문에 앞선 2통의 편지는 '모어→피터→바스라

이덴'으로 이어지는 『유토피아』 책 출간 과정을 그리면서 이 책의 주 공간인 '유토피아 공화국'의 실재성을 강조하기 위한 소설적 장치인 것이다. 특히 유토피아를 실제로 경험한 라파엘의 이야기를 중개하는 모어의 입장과 피터의 3자적 입장, 그리고 추천사를 부탁한 당대 학계의 권위자인 바스라이덴 등의 관점의 종합을 통해 유토피아가 단순히 허구적 공상의 국가가 아님을 실증하는 프롤로그 역할에 해당한다.

3. 16세기 영국 사회의 자본과 계급 비판

1부의 시작은 영국의 국왕 헨리 8세가 외교 문제를 해결하기 위해 모어를 플랑드르로 보내면서 시작된다. 모어는 외교적 업무를 처리한 뒤 안트와프로 이동하여 겸손하고 솔직하며 소박하면서도 기지에 찬 매력적인 청년 '피터 자일즈'를 만난다. 도시의 중요한 지위에 있던 그는 지성과 인품이 훌륭했으며 친구들에게 진실한 우정과 애정을 보인다.

그러던 어느 날 피터가 포르투갈 출생의 라파엘을 소개한다. 라파엘은 라틴어와 그리스어에 정통하며 율리시즈나 플라톤에 비견되는 존재감을 보여준다. 특히 라파엘은 동시대의 탐험가인 아메리고 베스푸치 일행에 합류하여 탐험을 함께 한 탐험가로 소개된다. 그것은 베스푸치가 펴낸 『신세계』(1505)나 『4대 항해』(1507)에서 모어가 '유토피아'의 착상을 얻었기 때문일 것이다. 모어는 자신의 입장을 상대화하기 위한 가상 인물로 라파엘을 선택한다. 그리고 그를 통해 유럽 사회의 모순을 개혁하는 데 활용하기 위해 '유토피아의 제도와 관습'을 기록한다.

먼저 라파엘은 대부분의 사람들이 죽음에 이르기까지 재산에 집착하는 것에 대해 안타까워한다. 그리고 왕정론자인 피터가 말하는 '왕을 섬기는 행위'보다 본능에 충실한 자신의 즐거운 삶이 행복하다고 대답한다. 모어 역시 라파엘이 왕의 훌륭한 고문관이 되기를 권유하지만, 라파엘은 왕들이 평화적 기술보다는 새 왕국을 획득하기 위한 전쟁술에 관심이 많은 것이 문제라며 거부한다. 이렇듯 라파엘은 무소유적인 삶, 본능에 충실한 삶, 왕정에 대한 반대 입장을 분명히 하면서 당대 사회의 모순을 예리하게 비판하고 있는 것이다.

1) 생명 존중 사상 – 절도범 사형의 문제점

라파엘은 영국에서 추기경과 식사를 할 때, 영국인 변호사가 당시에 절도범들에게 취해진 가혹한 조치들에 대해 열렬히 찬성한 내용을 떠올린다. 하나의 교수대에서 20명의 절도범들이 처형되는 것에 대해 라파엘은 절도범의 처벌 방법이 불공정하고 가혹하며 비효과적이라고 주장한다. 끔찍한 처벌 대신 살 방도를 마련해 주어 '절도범→사형수'의 반복을 막아야 한다는 것이다. 라파엘은 도둑질을 하지 않고서는 굶주림에 처할 수밖에 없는 상황을 예로 들면서 절도밖에 할 일이 없는 부조리한 현실의 문제를 지적하지만, 변호사는 전쟁 시에 군인으로 활용하면 된다고 강조한다. 라파엘은 변호사의 논리가 전쟁을 위해 도둑을 장려해야 한다는 궤변이라고 비판한다. 그러면서 추기경에게 절도죄로 생명을 빼앗는 것은 공정하지 못하며 아무리 많은 재산도 인간의 생명과 맞먹을 수 없다고 강조한다. 라파엘은 '살인하지 말라'는 하느님의 계명을 이야기하며 살인의 부당성을 주장하는 것이다.

2) 탐욕스런 지주의 횡패 - 양떼 목장

라파엘은 영국에서 도둑질을 하게 만드는 독특한 요소가 양떼들이라고 이야기한다. 양떼들의 무서운 식욕이 사람까지 모조리 먹어치우는 상황이 된 현실을 예로 들면서 들과 집과 도시를 양떼들이 삼켜 버리고 있다고 이야기한다. 1인의 탐욕스런 인간이 악성 종양처럼 논밭을 목장으로 만들어 버리면서 수백 명의 농민들을 축출하게 된 것이다. 농민들은 자신이 살던 고향을 떠나 유랑민이 되고 결국 도둑이 되나 걸인이 되어 교수형을 당하게 되는 것이다. 경작할 농토가 없어서 유랑민이 된 농민들이 결국 범죄자가 되는 악순환적 구조가 발생한다. 곡식밭에는 많은 일손이 필요하지만 목장에는 1인의 양치기나 소치기로 족한 현실이 농민을 도둑으로 내몰고 있는 것이다. 양 시장은 과점(寡占)의 상태로 지배되고 있어서, 소수의 지주들이 영국의 자연적 이점 중의 하나를 국가적 재난으로 뒤바꿔 놓은 것이다. 식량 값이 비싸져 고용자는 다수의 하인을 해고하고, 해고된 농민들은 걸인이나 도둑이 된다. 사태 악화는 비참한 빈곤을 무색하게 만든 부조리한 사치 풍조에서 기인한다. 모든 사회 계급이 옷과 음식에 지나친 낭비를 하고 있는 것이다. 유흥장과 매음굴, 도박의 성행 등은 사람들의 돈을 탕진하게 하는 방법이며, 곧장 도둑질로 내몰게 된다. 그리하여 라파엘은 도박적인 놀이의 근절을 강조한다.

3) 절도범의 교화 제도

라파엘은 절도와 관련된 최상의 제도를 언급한다. 페르시아의 '폴릴레리타에'에서 절도범은 소유자에게 훔친 물건을 돌려줘야 한다. 장물이 없으면 절도범의 재산에서 공제하고 나머지 재산은 처자에게 인계하고 절도범은 중노동에 처해진다. 절도범은 감금하거나 족쇄를 채우지 않으며, 매우 자유로운 상태에서 공공사업장에 취역된다. 노역을 거부하면 다시 쇠사슬이 채워지고 채찍질을 당하기도 한다. 열심히 일하면 나쁜 대우를 받지 않고, 저녁 점호와 장시간 노동을 제외하고는 편안한 생활을 유지한다. 먹을 것도 충분히 제공되고, 기결수들은 공공의 사역으로 일하기 때문에 식량은 국가의 경비로 공급된다. 죄수의 노동력이 필요하면 시장에서 일당으로 죄수와 계약을 하는데 자유 노동자에 비해 임금이 싸다. 이런 제도로 죄수들은 언제나 노동을 하고 노동을 통해 매일 국고에 기여를 한다. 그들은 특별한 색깔의 옷을 입지만 돈을 받으면 사형을 받게 된다. 노예로 불리는 죄수들은 무기에 손을 대도 사형을 받는다. 노예에게는 지역 표식이 있는데, 지역을 이탈할 시에도 사형을 받는다. 도주하면 노예는 사형, 자유인은 노예형에 처해진다. 이 제도를 말하면서 라파엘은 매우 편리하고 인간적인 제도라고 말한다. 범죄에는 엄격하지만 범인의 생명을 구하고 선량한 시민이 되도록 강제하며, 자신들의 해독을 보상하는 데 여생을 바치게 하기 때문이다. 매년 상당수의 노예가 선행을 했다는 이유로 석방되기 때문에 자유인에 대한 희망을 가질 수도 있다. 하지만 변호사는 라파엘이 언급한 제도가 영국민의 안전에 심각한 위험을 끼칠 수 있기에 영국에서는 채택될 수 없는 제도라고 결론을 내린다. 그러나 추기경이 부랑자를 다루는 방식으로 제도를 시행해보는 것도 나쁘지 않다고 의견을 개진하자 다른 사람들도 그 의견에 찬성을 표한다.

4) 궁정이나 내각에 대한 거부감

모어는 라파엘의 말이 지혜와 슬기로 가득하다면서 궁정 생활에 대한 혐오감을 극복한다면 라파엘의 충고가 사회에 매우 유익한 기여를 할 것이라고 말한다. 특히 모어는 플라톤의 『공화국』 5권의 구절을 빌려와 "행복한 국가는 철학자가 왕이 되거나, 또는 왕이 철학을 공부하게 될 때에 비로소 실현된다."라면서 라파엘의 결단을 촉구한다. 하지만 라파엘은 통치자가 철학자들의 말을 경청한다면 기꺼이 충고를 할 것이지만, 왕들이 어릴 때부터 나쁜 사상에 젖어 있기에 철학자의 충고를 받아들이지 못한다고 지적한다. 그러므로 자신이 왕에게 현명한 법률을 제정하거나 마음으로부터 사악한 자들의 치명적인 병균을 내쫓도록 간언한다면 자신이 곧 추방되거나 바보 취급을 받을 것이 틀림없다고 지적한다.

라파엘은 프랑스 내각 회의를 예로 들면서 전쟁 준비에 몰두하고 있는 회의에서 자신이 정반대의 정책을 제안하면 어떻게 될지에 대해 이야기한다. 라파엘은 프랑스 왕에게 프랑스는 이미 한 사람이 훌륭하게 다스리기 어려울 만큼 크므로 더 이상 영토 획득에 신경 쓰지 말아야 한다면서, 전쟁이 곧 모두의 파멸을 가져올 테니 모든 영토 확장 계획을 포기하라고 권고하면 라파엘의 의견을 프랑스 왕이 따르겠느냐고 모어에게 질문한다. 그러자 모어는 왕이 그렇지 않을 것이라고 대답한다.

라파엘은 또 다른 예를 든다. 왕의 재정 고문관들이 왕의 금고를 채우기 위한 방안을 논의한다고 가정한 뒤, 각종 고문관들의 의견을 제시한다. 그런 뒤에 라파엘이 일어나서 왕의 특권과 안전은 왕 자신의 재산이 아니라 오히려 백성의 재산에 달려 있기 때문에, 왕이 고문관들의 진언대로 한다는 것은 현명하지 못한 처사이며 가장 부도덕하다고 간언한다. 그러면서 백성들이 왕을 추대한 이유를 설명한다. 백성들은 왕을 위해서가 아니라 백성의 안녕을 돌보게 하기 위해 왕을 추대한다는 것이다. 그럼에도 불구하고 왕이 폭력이나 착취, 몰수와 같은 방법으로 백성을 거지로 만든다면 그 왕은 백성에게 멸시와 증오를 받을 것일 것이며 차라리 물러나는 것이 타당하다고 지적한다. 이러한 라파엘의 인식은 16세기 왕정 사회의 폐해를 지적함으로써 새로운 개혁이 필요함을 주장하는 것과 같다. 특히 동양의 유가 사상과도 상통하는 인치와 덕치를 강조하는 내용이 포함되어 있는 것이다.

라파엘은 이어서 유토피아 인근 국가인 '마카렌세스(행복의 나라)'의 제도에 대해 말하면서 그곳에서는 왕의 즉위식 때, 금이나 은을 천 파운드 이상 금고에 간직하지 않겠다는 엄숙한 서약을 한다. 라파엘은 이런 왕이 악인이 두려워하고 선인이 사랑하는 왕의 사례임을 반대론자들에게 피력한다고 해서 왕이 과연 듣겠느냐고 모어에게 질문한다. "그들의 뿌리 깊은 편견과 반대되는, 미지의 사상"(79쪽)을 그들이 받아들일 리가 없기 때문이다. 라파엘은 궁정에는 철학이 개입될 여지가 없다고 이야기한다.

5) 사유재산의 폐지

라파엘은 "사유재산이 존속하고, 모든 것이 돈에 따라 평가되는 사회에서는 결코 진정한 정의나 번영을 결코 실현시킬 수 없다"(85쪽)라는 신념을 갖고 있다. 적은 법률로 만사를 효과적으로 운영하고, 개인적 공적을 만인의 동등한 번영과 결부시켜 인정하는 유토피아의 제도가 공정하고 현명한 제도라고 생각하기 때문이다. 새로운 법률 제정으로도 잘 다스려지지 않고 사유재산의 증식에 매달리는 수많은 자본주의 국가들에 비할 때 유토피아와 플라톤에게 공명하지 않을 수 없는 것이다. 플라톤 같은 훌륭한 지성인에게는 건강한 사회의 필수적 조건이 재산의 균등한 분배였다. 개인적 능력에 따른 재산 소유 방침은 반드시 소수자의 수중에 재산이 모이기 마련이며, 다수는 가난해진다는 것을 의미한다. 즉 부는 악덕한 자에 의해 점유되기 쉬우며, "부자는 탐욕스럽고 파렴치하며 전혀 쓸데없는 인간들이며, 반대로 가난한 사람은 소박하고 겸손한 사람들이어서 그들은 매일매일 그들 자신에게보다는 사회에 훨씬 많이 이바지할 것"(86쪽)으로 기대된다. 결론적으로 라파엘은 사유재산을 전면 폐지하지 않는 한, 결코 공평한 재산 분배나 인간 생활의 만족스러운 조직을 실현시킬 수 없다고 확신한다. 사유재산이 존속하는 한, 인류는 가난과 고난과 고통의 짐을 질 수밖에 없기 때문이다.

　라파엘의 의견에 대해 모어는 동의할 수 없다고 주장한다. 공동 소유제 하에서는 상당한 생활수준을 유지하기 어려울 것이며, 성실한 노동이 뒷받침되지 않으므로 항상적 부족 상태에 놓여 있을 것이기 때문이다. 이윤 추구의 동기가 없다면 누구나 게을러지기 마련인 것이다. 물자가 부족하면 연속적 살인과 난동이 불가피해지고 자신의 노동으로 얻은 재산을 지켜줄 법이 없어질 것이다. 그러므로 계급 없는 사회에서는 권위에 대한 어떠한 존엄성도 존재하지 않을 것이라고 이야기한다.

하지만 모어의 반대 견해에 대해 라파엘은 상상력 부족을 언급한다. 자신처럼 유토피아에서 5년 이상을 살았다면 달라졌을 것이라고 말한다. 피터 역시 신세계가 구세계보다 더 좋은 제도를 가진 사실을 믿기 어렵다고 말한다. 구세계도 지혜로운 존재들이 있으며, 문화적 전통이 존재하기 때문이다. 특히 구세계 역시 오랜 경험의 결실이며, 생활을 안락하게 하는 수단을 창안해 냈다고 생각한다. 그러나 라파엘은 피터의 의견에도 반대하면서 유토피아인들의 문화의 유구성을 그 나라 역사책을 통해 알 수 있다고 강조한다. 구세계의 인간 생활 이전에 신세계에 도시가 있었다는 것이다. 라파엘은 지혜의 상대성 이면에 열성과 근면을 가진 존재라는 점에서 유토피아인들이 자신들보다 훨씬 앞서 있다고 생각한다.

4. 유토피아의 실재

제2부는 모어와 피터가 점심 식사 후에 라파엘로부터 들은 유토피아에 대한 구체적인 설명으로 시작된다. 라파엘은 먼저 지리적 설명으로 시작한다.

1) 지리적 조건

유토피아 섬이 원래 반도였는데, 유토포스라는 인물이 이 반도를 정복한 후 초승달 모양의 섬으로 만들었다고 설명한다. 그 섬에는 같은 언어, 법률, 관습, 제도를 가진 54개(영국의 54주와 일치)의 훌륭한 도시가 있고, 이 도시들은 모두 동일한 계획에 따라 세워져, 지형이 허락하는 한 똑같이 보이도록 건설된, 이른바 계획도시에 해당한다. 모든 도시에서 연로하고 경험이 풍부한 시민 중에서 세 사람을 아마우로툼(꿈의 도시)의 연례 회의에 파견해서 섬의 일반 문제를 논의하게 한다. 아마우로툼은 섬 중앙에 위치하여 국내 각처에서 모이기가 쉬우므로 일종의 수도로 간주된다.

2) 도시민의 농사짓기

그리고 시골에는 도처에 일정한 간격을 두고 집이 있고, 도시 주민은 교대로 이 집에 와 살며 농사를 짓습니다. 집은 각기 40명의 어른들을 수용할 수 있고, 두 명의 노예(죄인이나 외국 용병)가 고정 배치되어 있으며, 믿을 만하고 나이 많은 부부가 이러한 30채의 집을 담당하고 있는 필라르쿠스(지방 관리인)의 감독을 받으며 관리한다. 매년 시골에서 2년을 지낸 20명이 도시로 돌아가고, 다른 20명이 새로 오는데, 새로 온 사람들은 이미 1년간 농사에 종사해서 농사를 보다 더 잘 알고 있는 사람들에게서 농사를 배운다. 열두 달 후에 훈련생들은 교사가 되고, 이러한 제도는 식량 부족의 위험을 감소시킨다. 농사에 종사하는 기간은 보통 2년이고, 시골 생활을 즐기는 사람들은 특별 허가를 받아 기간을 연장할 수 있다. 아마우로툼에서 집은 누구든지 자유로이 드나들 수 있으며, 사유재산 따위는 없다. 집은 추첨에 의해 배정되고 10년마다 바뀐다. 시민들은 즐거움과 이익을 준다는 점에서 정원 가꾸기를 매우 좋아한다.

3) 지방 행정 조직

마치 피라미드 식으로 구성되어 30세대가 한 그룹이 되며, 각 그룹은 매년 '시포그란투스'라는 공무원을 선출하고 10명의 시포그란투스를 대표하는 세대에 대해 트라니보루스라는 공무원이 있다. 시장은 비밀 투표로 선출되며 독재 혐의를 받지 않는 한 죽을 때까지 관직에 머무른다고 설명한다. 트라니보루스는 공중에 영향을 미치는 문제에 대해서는 3일간 토의한 다음에 최종 결정을 내려야 한다는 규칙이 있으며, 공식적인 회의 장소가 아닌 곳에서 회의를 하면 사형을 받는다. 어떠한 안건도 처음 제출되는 날에 토의해서는 안 된다는 규칙이 있다. 모든 토의는 다음 회의로 연기해 놓고 깊이 고찰하기 위해서이다.

4) 직업

성별에 상관없이 시민이면 농업을 한다. 농사는 어린이 교육의 필수 과목이다. 실습과 견학을 병행한다. 농사 이외에 양모, 베짜기, 석공, 철공, 목공 기술을 배운다. 양복점이나 양장점은 없으며 옷의 모양은 변하지 않는다. 옷은 모두 가정에서 만든다. 여성은 직조와 같은 쉬운 일에 종사하고 남자는 힘든 일에 종사하는 점이 다르다. 어린이는 성장 과정에서 양친의 일을 배운다. 다른 기술을 좋아하면 그 기술에 종사하는 다른 가정에 입양될 수 있다. 시포그란투스가 하는 일은 누구나 자신의 직업에 전념하도록 감독하는 것이다.

5) 노동조건

유토피아에서는 하루에 6시간 노동을 한다. 오전 3시간, 점심 먹고 2시간 휴식, 오후에 3시간 노동 이후 저녁을 먹고, 8시에 잠자리에 들어 8시간 취침을 한다. 나머지 시간은 건전한 여가 활동으로 자유롭게 활용한다. 대부분의 시민은 교육을 받는 데에 시간을 활용한다. 저녁 이후 정원이나 식당에서

1시간 정도 오락을 즐긴다. 놀이는 산술 경기를 즐기고 권선징악적 게임을 즐긴다. 6시간 노동으로 필수품은 충분하며 오히려 안락한 생활에 필요한 모든 것을 초과 생산한다. 불필요한 노동 행위 종사자를 줄이고 필요한 노동에 종사시키면 노동 시간이 적더라도 생활필수품과 편의품을 충분히 공급할 수 있기 때문이다. 육체 노동자가 자유 시간을 이용해 열심히 공부하여 훌륭한 성과를 보이면 노동을 면제 받고 학자 계급으로 승격되기도 한다. 외교관, 성직자, 트라니보루스, 시장도 이 학자계급에서 나온다.

6) 건축과 의복

새로운 곳에 집을 짓는 일이 드물어서 최소의 노동력을 들여 집의 수명을 최대한으로 연장한다. 의류에 드는 노동력도 절약을 한다. 작업복을 적어도 7년간 입는다. 유토피아인은 2년에 한 벌로 만족한다. 당국은 시민에게 불필요한 노동을 강요하지 않는다. "경제 전체의 주요 목표는 사회의 필요에 입각해서, 각자를 육체노동에서 해방시켜 많은 자유 시간을 갖도록 하는 데 있으며, 이렇게 함으로써 각자는 각자의 정신세계를 계발할 수 있는 것"(112쪽)이며, 그들은 이것을 "행복한 생활의 비결"로 생각한다.

7) 가정의 구성

사회의 최소 단위는 가정이다. 각 도시는 농촌을 제외하고 6천 세대로 구성되어 있고, 인구의 균등 유지를 위해 한 가정은 어른이 10명 이상 16명 이하여야 한다는 법률이 존재한다. 인구가 늘어나면 인구가 적은 도시로 이주시킨다. 각 가정은 가장 나이 많은 남자의 통제를 받는다. 아내는 남편에게 복종해야 하며 자식은 어버이에게, 나이 어린 사람은 나이 많은 사람에게 복종해야 한다. 각 가정의 생산품은 시장의 창고에 저장되며 자신이나 가족의 필요물품이 있으면 상점에 가서 물품을 청구하면 된다. 인간의 경우 허영심 때문에 탐욕을 부리는데 유토피아에서는 허영심을 부릴 필요성이 없다.

8) 도살

짐승의 도살과 죽인 짐승의 처리는 노예들이 한다. 일반 시민은 도살을 못 한다. 도살로 인해 인간의 자연스러운 연민의 정이 말살된다고 믿기 때문이다.

9) 식사

집에서 식사를 해서는 안 된다는 규칙은 없지만, 집에서 식사를 하는 것을 좋아하는 사람은 하나도 없다. 첫째 예의에 어굿난다고 생각하기 때문이며, 둘째 가까운 식당에 아주 맛있는 음식이 기다리고 있는데 굳이 음식 준비하느라고 수고할 까닭이 없기 때문이다. 식당의 힘들고 더러운 일은 모두 노예가 한다. 4명씩 짝을 지어 식사를 하는 풍습이 있다. 식당에서는 젊은이와 연장자가 섞여 앉아 식사를 한다. 점심과 저녁 식사 전에는 선행과 미덕에 관한 명언을 낭독한다. 농촌에서는 각자의 집에서 식사를 한다.

10) 여행

신청하면 쉽게 여행 허가를 얻고 여행증명서를 갖고 여행을 떠날 수 있다. 여행증명서 없이 구역 밖으로 나가면 고향으로 송환되며 탈주자로 엄한 처벌을 받는다. 한 번 더 위반하면 노예가 되는 중벌을 받는다.

11) 노동과 분배

유토피아인들의 생활은 어디에 있든지 항상 일을 해야 하며, 게으름을 피울 구실이 전혀 없다. 술집이나 매음굴, 타락할 기회나 비밀회의 장소도 없다. 모든 사람이 지켜보고 있기 때문이다. 이 제도 하에서는 무엇이든 풍족하고 모든 것이 균등하게 분배되기 때문에 가난한 자나 걸인이 없다. 도시간에 물자를 무상으로 주고받기 때문에 섬 전체가 마치 하나의 대가족과 같은 분위기이다.

12) 귀금속류

유토피아인들은 귀금속을 보물로 여기지 않는다. 가정용이나 공동 식당에서 쓰는 요강과 같은 더러운 일상용품을 금이나 은을 재료로 사용해서 만든다. 그리고 노예를 묶어 두는 사슬이나 족쇄를 순금으로 만들며 죄수에게 금귀고리와 금반지, 금목걸이, 금관을 채운다. 그래서 사람들이 은이나 금을 경멸한다. 보석은 어린이들의 장난감으로 이용한다.

13) 부의 거부

유토피아인들이 가장 혐오하는 것은 단지 부자라는 이유만으로 그에게 머리를 숙이는 어리석은 태도이다. 그것은 부를 거부하는 사회 환경과 더불어 독서와 교육 여건 때문이다.

14) 종교적 원리

그들이 믿는 종교적 원리 중 첫째는 모든 영혼은 영원불멸하며, 자비로운 신에 의해 창조되었고, 신은 인간의 영혼에 행복을 약속했다는 것이다. 둘째의 원리는 현세에서 행한 행실에 따라 내세에서 포상 또는 처벌을 받는다는 것이다.

15) 쾌락주의적 지향

그들은 선하고 정직한 쾌락만이 행복이라고 생각한다. 그들에게 최고선은 인간이 자연적 본능에 따라 사는 것이다. 그러나 본능은 언제나 이성에 복종해야 한다. 유토피아인들은 삶의 향락, 곧 쾌락을 인간의 온갖 노력의 자연적인 목표라고 생각한다. 자연에 순응하는 것이 곧 덕인 것이다. 자연은 인류 각자의 행복에 대해 균등하게 배려한다고 그들은 믿는다. 그들은 쾌락을 자연적으로 즐길 수 있는 육체적 또는 정신적 활동 상태라고 정의한다.

16) 인공쾌락의 어리석음

인공적인 쾌락을 즐기는 많은 사람들은 스스로 귀족 출신임을 뽐내는 자들이다. 그들은 보석에 열광하거나 도박이나 사냥에 빠진 행위를 어리석은 쾌락에 포함시킨다. 특히 사냥은 자유인의 존엄성을 저하시키는 것이라며 백정(노예)에게 맡긴다. 그들은 참된 쾌락에는 정신적인 쾌락과 육체적인 쾌락이 있다고 말한다. 진리를 파악하는 즐거움이 정신적 쾌락에 포함된다. 육체적 쾌락에는 첫째 신체 기관이 충족되면서 생기는 향락이 포함된다. 즉 생리적 쾌락이 해당한다. 둘째 신체의 안락하고 정상적인 기능, 즉 건강한 상태에서 생기는 쾌락을 말한다. 즉 건강은 쾌락인 것이다. 그들은 특히 정신적 쾌락을 가장 중요하다고 생각한다. 선행과 맑은 양심이 쾌락의 주된 것이라고 주장한다.

17) 자연 경배

유토피아인들은 아름다움, 힘, 민첩성 같은 자연의 은총에 큰 가치를 부여한다.

18) 노예

유토피아의 노예는 일부는 유토피아의 죄수들이지만 대부분은 외국의 사형수들이다. 약간의 돈을 지불하고 외국의 사형수들을 대량으로 획득한다. 유토피아인 노예는 외국인 노예보다 더 나쁜 대우를 받는다. 그리고 유토피아의 노예가 되기를 자원한 가난한 외국인 노동자가 있는데 유토피아 시민들과 거의 같은 친절한 대우와 존중을 받는다.

19) 안락사

공인된 안락사는 명예로운 죽음으로 인정되어 불치병에 걸린 환자는 자유로이 삶과 죽음을 선택할 수 있다. 그러나 신부로부터 허락받지 않은 자살은 장례의 권리를 박탈당하며 시체는 연못에 던져진다.

20) 결혼제도

여자는 18세에 결혼할 수 있고, 남자는 22세에 결혼할 수 있다. 혼전 성교는 금지되고 있다. 결혼 전에 신랑 신부는 서로의 나체를 서로에게 보여준다. 유토피아인들은 일부일처제를 엄수한다. 상호 합의 하에 이혼이 허용되기도 한다. 간통한 자들에게는 가장 가혹한 처벌이 선고된다. 재범인 경우에는 사형 선고를 내린다.

21) 공공 도덕

공공의 도덕을 위해서 남편은 아내를 처벌할 책임을, 어버이는 자식을 처벌할 책임을 진다. 중죄에 대한 통상적인 처벌은 노예이다. 유토피아에는 범죄 억제 제도와 마찬가지로 공개적 포상에 의해 선행을 장려하는 제도도 있다. 사회적 공로자의 동상을 시장에 세워 놓는다.

22) 법률

유토피아에는 몇 가지의 법률만 있을 뿐이다. 유토피아인들은 법률의 유일한 목적이 사람들에게 그들이 마땅히 무엇을 해야 할 것인가를 일깨워 주는 데 있다고 생각하기 때문이다.

23) 전쟁

전쟁은 그들이 증오하는 일이다. 전쟁을 불명예스럽다고 생각하는 유일한 민족이다. 그들은 유혈로 얻는 승리를 좋아하지 않는다. 그런 승리를 오히려 수치로 여긴다. 적을 지혜로 굴복시키는 것을 자랑스러워한다. 그들은 적국 매수 작전을 자랑한다. 적국의 고관들이 서로를 의심하게 하여 내란이 일어나게끔 하므로 비열하고 잔인하다고 여겨질 수도 있지만, 전투 없이 전쟁을 마무리할 수 있다는 점에서 그들은 현명한 일이라고 판단한다. 그들의 전쟁은 대부분 용병에 의해 수행된다. 전투에 이겼다고 해도 대량 학살을 자행하지 않는다. 그들은 휴전 조약을 맺으면 어떠한 도발을 받아도 위반하지 않는다.

24) 종교 사상

유토피아 섬에서는 여러 가지 서로 다른 종류의 종교를 믿고 있다. 태양 숭배, 달 숭배, 기타 여러 유성 숭배자들도 있다. 우주를 창조하고 다스리고 있는 유일한 최고신이 있다는 점에 대해서는 모든 종파가 동의하며, 각 종파는 이 신을 '미트라스(페르시아의 빛의 신)'라는 동일한 유토피아어로 부른다. 라파엘 등이 그리스도 신앙을 전파했을 때 유토피아인들은 쉽게 개종을 한다. 유토피아 헌법의 가장 오래된 원칙은 종교적 관용이어서 종교 선택의 자유가 존재한다.

25) 장례

유토피아인들은 죽기 싫어하는 것에 대해 나쁜 징조라고 여긴다. 쾌활하고 낙천적인 기분으로 죽은 사람에 대해서는 아무도 슬퍼하지 않고 오히려 존경하는 마음과 유쾌한 마음으로 장례를 치른다. 유토피아인들은 온갖 미신에 대해서는 관심이 없다.

26) 두 경향

유토피아인들은 두 파로 갈라진다. 한 파는 독신주의를 신봉한다. 현세의 쾌락을 거부하고 내세의 안락을 중시하는 사람들이다. 또 다른 파는 중노동을 중시하면서 결혼에는 찬성한다. 유토피아인들은 주로 후자에 속한 사람들이 현명하다고 생각한다.

27) 성직자

유토피아의 성직자들은 남달리 신앙심이 깊고 수효가 매우 적다. 성직자는 전 시민에 의해 선출된다. 성직자는 어린이와 청년의 교육에 대해 책임 진다. 남성 성직자에게는 결혼이 허용된다. 여자 성직자는 거의 없다. 성직자의 아내는 최고의 지위를 존중받는다.

28) 교회

유토피아인들은 매달 첫날과 마지막 날, 매해 첫날과 마지막 날을 종교적인 축제일로 정하고 있다. 유토피아의 교회는 외관상 매우 웅장하지만 어떠한 신상도 비치해 놓지 않았으며, 각자 자기 나름대로 신의 모습을 자유롭게 그리고 자기가 속한 종교가 최고라고 생각한다. 그들은 결코 동물을 제물로 바치지 않는다. 신도는 흰옷을 입고 성직자는 솜씨가 훌륭해 보이는 알록달록한 법복을 입는다. 예배는 성직자와 신도가 정해진 기도문을 외우는 것으로 끝난다. 이 기도문은 회중이 함께 외면서도 각자가 자신을 위해 기도하는 것처럼 느끼도록 작성되어 있다.

이상의 28가지 조목들을 중심으로 라파엘은 유토피아 공화국에 대한 설명을 마친다. 그러면서 "유토피아는 세계에서 가장 좋은 국가일 뿐 아니라, '공화국'이라고 부를 수 있는 유일한 국가"임을 주장한다. "유토피아에서는 사유재산이 없기 때문에" 사람들이 사회에 대해 열정과 관심을 기울일 수 있다는 것이다. 사익보다는 공익이 우선되는 유토피아에서는 모든 것이 공공 소유로 되어 있어서 "결핍의 공포"가 없으며 "누구나 공정한 분배를 받기 때문에 가난한 사람이나 거지가 있을 수 없"다. "사유재산을 가진 사람"이 없으니 누구나 부자이고 "마음의 평화, 불안으로부터의 해방"이라는 큰 재산을 소유할 수 있게 된다는 것이다.

그리고 유토피아는 공정한 제도를 갖고 있는 나라이다. 다른 나라에서는 귀족이나 금세공업자나 고리대금업자 등이 노동하지 않으면서도 사치스럽고 풍요로운 생활을 향유하지만, 열심히 노동하는 노동자, 마부, 목수, 농부 등은 오히려 제대로 먹지도 못하고 비참한 생활을 한다. 즉 부자들은 개인적인 부정과 공공의 입법까지 동원하여 가난한 사람들의 비참한 임금을 깎아 내림으로써 불공평을 조장하고 있는 것이다. 특히 작품의 말미에 라파엘은 부자들에 대한 비판의 강도를 강화한다. 부자들은 부정하게 획득한 재산을 안전하게 유지하기 위해서, 그리고 가난한 사람들을 착취하기 위해 온갖 사기와 잔재주를 고안해내는 탐욕주의적 존재로 그려진다. 그리고 그들의 탐욕이 법률을 사유화하여 소수의 가진 자들을 중심으로 한 사회를 형성한다고 비판한다.

라파엘은 금전 사용의 종말을 통해 자본주의 사회의 폐단을 사라지게 할 수 있다고 주장한다. 그것이 바로 유토피아의 생활 방식이기 때문이다. 즉 "유토피아에서는 돈과 돈을 벌려는 열망이 동시에 사라졌기 때문에 기타의 많은 사회 문제가 해결되었고 많은 범죄가 근절"되었으며, "금전 사용의 종말은 매일의 처벌도 저지하지 못하는 온갖 범죄 행위, 곧 사기, 절도, 강도, 언쟁, 난동, 쟁의, 반란, 살인, 배신, 독살 등의 종말을 의미함이 분명"하므로 "돈이 폐지되는 즉시로 공포, 긴장, 불안, 과로 모든 것이 사라"지게 된다는 것은 라파엘의 지향이 어디에 있는지를 보여준다. 자본과 소유의 폐지가 당대 사회의 부조리와 병폐를 극복할 유토피아적 대안인 것이다.

이런 라파엘의 주장에 대해 모어는 몇 가지 의문점을 머리에 떠올린다. 이것은 아마도 모어가 상상한 '유토피아 공화국'이, 사유재산을 절대시하는 당대 체제의 금기를 위반한 상상의 국가임을 스스로 인지했기 때문일 것이다. 결과적으로 모어는 유토피아의 법률이나 관습 중에 불합리한 점이 매우 많다고 의문을 던진다. 특히 돈을 사용하지 않는 공유 제도는 본질적으로 귀족 정치의 종말을 의미한다는 표현은 "모든 권위와 고귀함, 존엄성의 종말"을 가지고 올 것이므로 불합리하다는 인식으로 이어진다. 이것은 당대 귀족 사회의 체제를 인정하는 작가의 입장을 보여준다. 즉 모어는 라파엘의 입장에 전적으로 동의할 수는 없는 것으로 그려진다. 현실 사회로부터 급진적 공산주의자로 낙인 찍혀 이상주의적 존재로 거세될 것이 분명하기 때문이다. 그러나 『유토피아』에서 드러난 체제 비판적 입장이 결과적으로 대법관에서 물러난 뒤 나중에 형장의 이슬로 사라지는 비극적 최후를 예견하게 한다. 모어는 구세계와 신세계 사이에서 구시대의 막내로 태어났지만 새 시대의 맏형의 역할을 수행한 존재였던 것이다.

5. 실현되지 않을, 그러나 가야 할 세상으로서의 유토피아

실현되지 않을, 그러나 영원히 잃어버릴 수 없는 인간의 꿈이 유토피아에의 실천 의지로 피어난다. 2011년 현재 세계 금융의 중심지라는 뉴욕에서 '월가를 점령하라'는 시위가 지속되고 있다. 금융 자본의 전횡 속에 빈부의 양극화가 중산층의

붕괴를 가져왔으며 1%의 소수 기득권자를 위해 99%의 빈자가 피땀을 흘리는 현실이 부자에 대한 빈자의 반란을 가져온 것이다. 세계 인구가 70억 명을 넘어선 지금 『유토피아』는 우리에게 묻고 있다. 과연 우리는 '유토피아'가 쓰여진 시대로부터 500년 가까운 세월이 흘렀지만 소유와 탐욕, 자본과 계급의 문제로부터 얼마나 자유로워졌는가 하고 말이다.

『유토피아』의 원제는 '사회 생활의 최선의 상태에 대해서의, 그리고 유토피아라고 불리는 새로운 섬에 대해서의 유익하고 즐거운 저작'이라고 한다. 기독교적 인문주의자 토머스 모어의 사상이 집약된 이 『유토피아』는 16세기 영국과 유럽을 중심으로 당대 사회의 불합리한 모순을 파헤치고 있다. 그리고 그 모순의 기원에는 인간의 탐욕이 자리하고 있으며, 탐욕을 극복하지 않는 한 인간의 절절한 염원인 이상 낙원은 결코 실현될 수 없다는 사실을 보여준다. 그리고 아직 오지 않은 유토피아에의 희원이 우리 시대가 가야 할 세계의 밑그림을 보여주고 있다. 즉 세계화 시대의 우리에게 『유토피아』는 현실 너머의 세계를 통해 현실 세계의 변혁을 추동하라고 독려하고 있는 것이다.

부재하는 공간으로서의 유토피아를 상상하여 실재하는 현실계를 더 나은 공간으로 개조할 수 있다는 신념과 자신감이 우리의 현실 사회를 지속 가능한 발전의 공간으로 모색할 수 있게 만든다. 그 작업을 우리는 플라톤의 『국가』를 경유하여 토머스 모어의 『유토피아』를 거쳐 21세기인 현재에도 백가쟁명하는 이상국가 모델 찾기 작업에서 확인할 수 있다. 미래는 과거로부터 견인된다. 동유럽의 현실 사회주의권이 붕괴된 지 20여 년이 지난 지금, 초국적 자본이 세계를 하나의 지구촌으로 묶어낸 원동력이 되었지만, 지금 세계가 유토피아적이라고 볼 수는 없다. 1%의 소수를 위해 99%가 피땀 흘리는 구조가 반성과 성찰을 요구하고 있기 때문이다. 이러한 시대에 『유토피아』를 읽는 것은 상상적 실재의 부재 공간을 경유하여 우리의 시대를 새로이 기획해보자는 것일 터이다. 그리하여 '어디에도 없는 공간'이 아니라 늘 현재화될 수 있는 '가까이 실재하는 공간'으로 유토피아를 그려볼 일이다.

작가 소개 - 토머스 모어

토머스 모어(Thomas More, 1478년 2월 7일 ~ 1535년 6월 6일)는 고등법원 판사인 존 모어 경의 맏아들로 태어났다. 그는 아버지의 뜻에 따라 런던에서 보통법을 공부했고 1501년 일반 법정변호사가 됨으로써 정식 변호사 자격을 취득했다. 그는 법률 연구 외에도 문학에의 열정을 키워나갔고 성서·교부철학·고전문학뿐 아니라 손에 잡히는 모든 장르를 섭렵했다. 모어는 1515년 5월 영국-플랑드르 통상조약의 개정을 위한 협상대표로 임명된 이후 플랑드르(현 벨기에)의 여러 도시들을 방문하며 많은 사람들과 만나 사귀었는데 이 시기에 『유토피아』의 저술을 시작하여 귀국 후 완성하였다. 모어의 이상적인 국가상을 담은 『유토피아』는 1516년 2월 최초로 출간된 이후 인문주의자와 고위공직자들 사이에서 큰 반향을 불러일으킨다. 헨리 8세가 영국국교회의 수장이 되는 것에 반대하여 참수형에 처해졌으나 1935년 로마 가톨릭 교회의 성인반열에 올랐다. 모어는 영국이 배출한 가장 위대한 인물 가운데 한 사람으로 꼽히고 있다.

번역 - 김용석

전문번역가. 대학원에서 영문학을 전공하였다. 작가가 독자에게 전달하고자 하는 의미를 올곧게 살린 번역을 하기 위해 오늘도 노력하고 있다.

작품 해설 - 오태호

문학평론가. 경희대학교 후마니타스 칼리지 객원교수.
대표 저서로 『오래된 서사』, 『여백의 시학』 등이 있다.

국문학 교수들이 추천한 글누림세계명작선
유토피아

초판 1쇄 발행 2011년 12월 26일

지 은 이 토머스 모어
옮 긴 이 김용석
펴 낸 이 최종숙
펴 낸 곳 글누림출판사

진　　행 이태곤
책임편집 임애정
편　　집 권분옥 이소희 박선주 전희성
디 자 인 이홍주 안혜진
마 케 팅 박태훈 안현진
관　　리 이덕성

주　　소 서울시 서초구 반포4동 577-25 문창빌딩 2층(137-807)
전　　화 02-3409-2055(대표), 2058(영업), 2060(편집)
팩　　스 02-3409-2059
전자메일 nurim3888@hanmail.net
홈페이지 www.geulnurim.co.kr
등록번호 제303-2005-000038호.(2005.10.5)

정 가 11,000원
ISBN 978-89-6327-176-7 04840
　　　978-89-6327-167-5(세트)

출력·알래스카 **인쇄·**신화프린팅 **제책·**동신제책사 **용지·**에스에이치페이퍼

*잘못된 책은 바꿔드립니다.

ⓒ 글누림출판사, 2011, Printed in Seoul, Korea